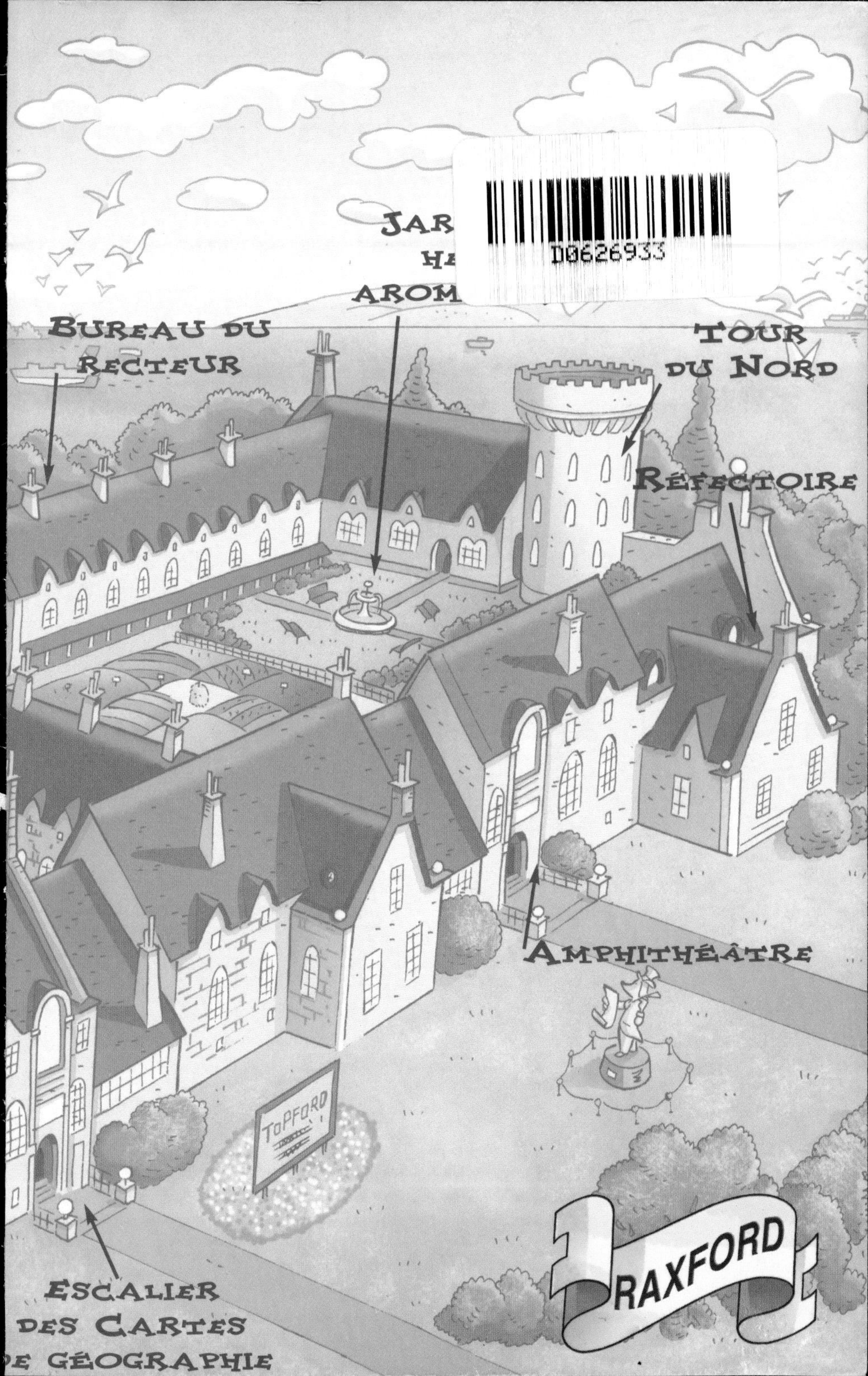
Bureau du Recteur
Tour du Nord
Réfectoire
Amphithéâtre
TOPFORD
Escalier des Cartes de Géographie
RAXFORD

Bienvenue
dans le monde des

Ce livre
appartient à :
Audrey tamas

Salut, c'est Téa !

Oui, Téa Stilton, la sœur de *Geronimo Stilton* ! Je suis envoyée spéciale de *l'Écho du rongeur*, le journal le plus célèbre de l'île des Souris. J'adore les voyages et l'aventure, et j'aime rencontrer des gens du monde entier !

C'est à Raxford, le collège dont je suis diplômée et où l'on m'a invitée à donner des cours, que j'ai rencontré cinq filles très spéciales : Colette, Nicky, Paméla, Paulina et Violet. Dès le premier instant, elles se sont liées d'une véritable amitié. Et elles ont tant d'affection pour moi qu'elles ont décidé de baptiser leur groupe de mon nom : Téa Sisters (en anglais, cela signifie les « Sœurs Téa ») ! Ce fut une grande émotion pour moi. Et c'est pour ça que j'ai décidé de raconter leurs aventures. Les assourissantes aventures des...

TÉA SISTERS !

Nicky

Prénom : Nicky
Surnom : Nic
Origine : Océanie (Australie)
Rêve : s'occuper d'écologie !
Passions : les grands espaces et la nature !
Qualités : elle est toujours de bonne humeur… Il suffit qu'elle soit en plein air !
Défauts : elle ne tient pas en place !
Secret : elle est claustrophobe, elle ne supporte pas d'être dans un espace clos !

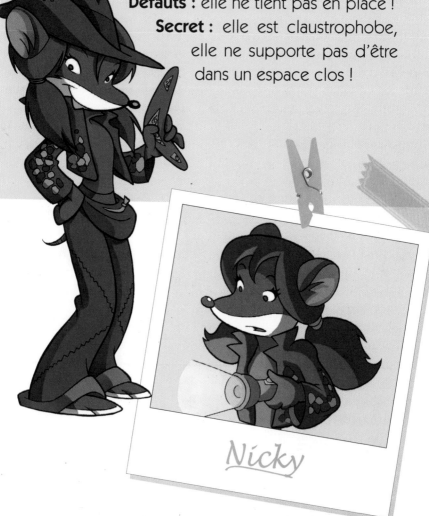

Colette

Prénom : Colette
Surnom : Coco
Origine : Europe (France)
Rêve : elle fait très attention à son look. D'ailleurs, son grand rêve, c'est de devenir journaliste de mode !
Passions : elle a une vraie passion pour la couleur rose !
Qualités : elle est très entreprenante et aime aider les autres !

Défauts : elle est toujours en retard !
Secret : pour se détendre, il lui suffit de se faire un shampoing et un brushing, ou bien d'aller passer un moment chez la manucure !

Violet

Prénom : Violet
Surnom : Vivi
Origine : Asie (Chine)

Rêve : devenir une grande violoniste !

Passions : étudier. C'est une véritable intellectuelle !

Qualités : elle est très précise et aime toujours découvrir de nouvelles choses.

Défauts : elle est un peu susceptible et ne supporte pas qu'on se moque d'elle. Quand elle n'a pas assez dormi, elle n'arrive plus à se concentrer !

Secret : pour se détendre, elle écoute de la musique classique et boit du thé vert parfumé aux fruits.

Paulina

Prénom : Paulina
Surnom : Pilla
Origine : Amérique du Sud (Pérou)
Rêve : devenir scientifique !
Passions : elle aime voyager et rencontrer des gens de tous les pays. Elle adore sa petite sœur Maria.
Qualités : elle est très altruiste !
Défauts : elle est un peu timide… et un peu brouillonne.
Secret : les ordinateurs n'ont pas de secret pour elle. Elle est capable de résoudre des énigmes très compliquées en récoltant mille informations sur internet !

Paméla

Prénom : Paméla
Surnom : Pam
Origine : Afrique (Tanzanie)
Rêve : devenir journaliste sportive ou mécanicienne automobile !
Passions : la pizza, la pizza et encore la pizza ! Elle en mangerait même au petit déjeuner !
Qualités : elle a beau avoir des manières un peu brusques, elle est la pacifiste du groupe ! Elle ne supporte ni les disputes ni les discussions.
Défauts : elle est très impulsive !
Secret : donnez-lui un tournevis et une clef anglaise, et elle résoudra tous vos problèmes de mécanique !

VEUX-TU ÊTRE UNE TÉA SISTER ? oui

Audrey

ÉCRIS ICI TON PRÉNOM !

Prénom : Audrey

Surnom : AuAu

Origine : Canada(Montréal)(Québec)

Rêve : Abitersurlebordel'eauetavoiruncheval!

Passions : Jadorelapêcheetlescheval

Qualités : Aravaillantegénéreuse

Défauts : tannante

Secret : adoreavoiruncnevaletlapêchesurl'eauetpisine

COLLE ICI
TA PHOTO !

~~Audrey~~ Audray

Texte de Téa Stilton
Coordination éditoriale de Piccolo Tao

Édition de Red Whale, Katja Centomo *et* Francesco Artibani
Direction éditoriale de Katja Centomo
Coordination éditoriale de Flavia Barelli, Mariantonia Cambareri *et* Rosa Saviano
Supervision du texte de Vincenzo Perrone *et* Caterina Mognato
Sujet de Francesco Artibani
Supervision des dessins de Fenny Lioniwati
Dessins de référence de Manuela Razzi
Illustrateurs : Massimo Asaro, Lucia Balletti, Alessandro Battan, Fabio Bono, Jacopo Brandi, Sergio Cabella, Barbara Di Muzio, Giorgio Di Vita, Marco Failla, Paolo Ferrante, Claudia Forcelloni, Danilo Loizedda, Giada Perissinotto, Manuela Razzi, Federica Salfo *et* Luca Usai
Coloristes : Cinzia Antonielli, Giulia Basile, Fabio Bonechi, Alessandra Dottori, Ketty Formaggio, Daniela Geremia, Donatella Melchionno *et* Micaela Tangorra
Graphisme de Merenguita Gingermouse *et* Superpao
Avec la collaboration de Michela Battaglin
Traduction de Titi Plumederat

www.geronimostilton.com

Loi 49-956 du 16 juillet 1949 sur les publications destinées à la jeunesse
Dépôt légal : premier semestre 2007
N° d'édition : 17 399/2
ISBN : 978 2 226 17399 7

Téa Stilton

LE MYSTÈRE DE LA MONTAGNE ROUGE

ALBIN MICHEL JEUNESSE

Salut les amis !

VOUS AUSSI, VOUS VOULEZ AIDER LES TÉA SISTERS À RÉSOUDRE LE MYSTÈRE DU CODE DU DRAGON ?

CE N'EST PAS DIFFICILE. IL SUFFIT DE SUIVRE MES INDICATIONS !

QUAND VOUS VERREZ CETTE LOUPE, SOYEZ TRÈS ATTENTIFS : CELA SIGNIFIE QU'UN INDICE IMPORTANT EST DISSIMULÉ DANS LA PAGE.

DE TEMPS EN TEMPS, NOUS FERONS LE POINT, DE MANIÈRE À NE RIEN OUBLIER.

ALORS, VOUS ÊTES PRÊTS ?

LE MYSTÈRE VOUS ATTEND !

DES LIVRES À LIRE ET DES LIVRES À ÉCRIRE

Ce soir-là, j'avais un très grand désir de rester tranquillement chez moi.

« J'ai vraiment très envie de lire un bon livre ! » me dis-je.

Je commençai à parcourir les titres de ma bibliothèque : « À la recherche de la tome perdue », déjà lu !

« LES FOURMES DE HURLEVENT », déjà lu !

« L'Île au Roquefort », lu, relu et archilu !

Je décidai de sortir pour aller m'acheter un nouveau livre, quand un coup de sonnette impérieux retentit :

Plin-plon ! Plin-plon ! Plin-plon !

De l'autre côté de la porte, j'entendis chicoter une petite voix **perçante** :

– Je vais attendre encore longtemps ? Hein ? Y'a quelqu'un ? Si y'a quelqu'un, ouvrez ! Si y'a personne, **Dites-le ! Dites-le ! Dites-le !**

– Porphyre ! m'exclamai-je, tout heureuse, en ouvrant aussitôt la porte.

Une voix pareille ne pouvait appartenir qu'à ce sympathique ronchon de **Porphyre Rondouillard**, le facteur de RAXFORD ! Mon cher collège de Raxford, sur l'île des Baleines, où j'avais fait mes études et où j'avais passé des moments si intenses.

Porphyre était venu jusqu'à Sourisia pour me remettre un petit colis jaune fermé par un *ruban* rose.

Sur le paquet, je lus :

À notre très chère amie et enseignante
Téa Stilton

À la suite, je découvris cinq signatures qui m'étaient bien connues :
Colette, Nicky, Paméla, PAULINA, Violet.
Quelle belle surprise !
C'était un colis des **TÉA SISTERS**, mes élèves préférées : cinq filles formidables, que j'ai connues à Raxford. Je donnais un cours de journalisme d'aventure et elles ont toutes eu leur diplôme avec mention !
Je remerciai Porphyre, qui était pressé de rentrer chez lui, et me dépêchai d'ouvrir le colis.
À l'intérieur, je trouvai un magnifique **Pull** de laine

et une LOOOOOOOOOOOOOOONGUE lettre.
Je mis le pull…
Ça alors, il m'allait comme un gant ! Et il était moelleux !
Ainsi, blottie comme dans une tiède étreinte, je me pelotonnai sur le canapé et commençai la lecture de la *lettre* que m'avaient envoyée les Téa Sisters.
Au milieu de la seconde page, je savais déjà comment se finirait ma soirée… parce que j'avais trouvé un livre à écrire !
Évidemment ! Un livre sur la nouvelle, incroyable aventure des Téa Sisters !
Je parie que vous avez déjà deviné le titre du livre !
Bien sûr, il s'intitule :

LE MYSTÈRE DE LA MONTAGNE ROUGE !

Paméla
Colette
Nicky
Paulina
Violet
Mes amies les Téa Sisters !

UN COUP DE TÉLÉPHONE D'AUSTRALIE

Tout a commencé par un coup de téléphone d'Australie reçu par Nicky ! À l'autre bout du fil, il y avait NAYA*, sa nounou aborigène :

– Nicky, je ne voulais pas te déranger ! Je sais que tu dois étudier… mais tes parents sont en Europe et je n'arrive pas à les joindre !

NAYA

Les antennes de Nicky se DRESSÈRENT, alarmées. Le ton de sa voix, plus que les mots de la chère vieille nounou, laissait penser qu'il s'était passé quelque chose de grave.

– Chère Naya, raconte-moi tout ! l'encouragea-t-elle, en s'efforçant de garder son calme.

* En langue aborigène, « *naya* » signifie « nounou ».

Naya poussa un long soupir, puis se décida à donner des explications :
– Ici, à la ferme, il se passe des choses bizarres ! Les moutons de l'enclos central sont malades. Leur laine tombe comme des flocons et s'envole comme de l'écume emportée par le vent !
Un frisson parcourut le dos de Nicky. Elle n'avait pas besoin d'en entendre davantage.
– Prépare ma chambre, Naya chérie. Je viens t'aider !
Tandis qu'elle préparait son sac à dos, Nicky expliqua tout à ses amies.
Paulina, Violet, Paméla et Colette tentèrent de la dissuader de trop SE PRÉCIPITER.

LES ABORIGÈNES AUSTRALIENS

Les aborigènes sont la population originaire du continent australien ; ils vivent en Australie depuis 40 000 ans ! On peut vraiment dire qu'ils en connaissent le moindre caillou ! En effet, pour traverser forêts et déserts, les aborigènes ne se servent ni de cartes géographiques ni de boussoles, mais de très vieilles chansons qui décrivent le paysage, pas après pas. C'est pour cela que les « routes » des aborigènes sont appelées les « pistes des chants ».
Les anciens des tribus qui enseignent les « pistes des chants » aux enfants s'appellent les « trakker ».

Mais quand elles se rendirent compte que Nicky était décidée à partir, elles ne perdirent pas de temps en bavardages. Elles savaient exactement ce qu'elles avaient à faire.

N'étaient-elles pas des amies !

Et même plus que des amies : des sœurs !

– On va avec toi ! dit Paulina.

– Oui ! Il n'est pas question que tu partes seule ! approuva Violet.

– Depuis quand une Téa Sister part-elle en voyage sans ses camarades ? ajouta Paméla avec un clin d'œil.

– Alors, c'est décidé ! conclut Colette. On fait toutes nos bagages et on t'accompagne !

Nicky avait les larmes aux yeux. Quelles amies merveilleuses elle avait trouvées à Raxford ! Elle les embrassa fort fort fort l'une après l'autre, incapable d'exprimer par des mots ce qu'elle éprouvait au fond de son cœur.
Elles se rendirent donc toutes ensemble chez le *recteur* de Raxford, afin de lui demander la permission de quitter l'*île des Baleines*.

ON PART !

Vous ai-je déjà parlé d' *Octave Encyclopédique de Ratis*, le recteur de RAXFORD ?

C'est un gars, *ou plutôt un rat*, à l'air bourru, mais il a un cœur d'or. En effet, il est toujours prêt à aider ses étudiants.

Une fois qu'il eut écouté les **TÉA SISTERS**, le recteur glissa la patte dans son gilet (il fait toujours cela quand il a une IMPORTANTE décision à prendre).

– Chères jeunes souris, vous savez bien qu'il est interdit de quitter le collège pendant les cours. Évidemment, il y a des *exceptions*, comme dans votre cas ! Étant donné la

gravité de la situation, je vous autorise à partir. MAIS, MAIS, MAIS... à votre retour, il faudra que vous passiez vos examens comme tout le monde. Ainsi, ne manquez pas de *travailler* !

Les cinq filles retournèrent dans leurs chambres pour boucler leurs bagages. Le lendemain, jour du **départ**, il y avait foule sur le port. Il y avait le recteur, les enseignants, les étudiants du collège, et même de nombreux habitants de l'île !

Tous voulaient saluer les Téa Sisters !

Quand le bateau leva l'ancre, les frères Rondouillard entonnèrent *Le Chant du retour heureux* :

L'heure est venue, vous partez en voyage,
il sera plein de rires et de fromages !
Mais plus joyeux sera votre retour,
que nous attendrons la nuit et le jour.
Nous vous offrirons chocolats, gâteaux.
Vous, pensez à rapporter des cadeaux !

Ratina

C'EST ENCORE LOIN ? ON ARRIVE QUAND ?

Les Téa Sisters débarquèrent à Port-Souris, sur l'île des Souris. De là, elles continuèrent leur voyage en avion jusqu'à l'Australie.

PRESQUE DE L'AUTRE CÔTÉ DU MONDE !

Paméla, très excitée, demandait sans cesse à Paulina et Violet, qui étaient assises près d'elle :

– **C'est encore loin ? On arrive quand ?**

C'est encore loin ?
On arrive quand ?

Puis elle entrait dans la cabine de pilotage :
– **C'est encore loin ? On arrive quand ?**
Puis elle interrogeait tous les passagers, un à un :
– **C'est encore loin ? On arrive quand ?**
Si elle avait sauté en parachute, elle aurait même questionné les mouettes de passage ! Quand elles atterrirent à Sydney, la plus grande ville du sud-est de l'Australie, tout le monde était à bout de nerfs. Paméla était la seule à avoir le sourire. Elle s'exclama :
– **ENFIN !** Je n'en pouvais plus !
– NOUS NON PLUS ! hurlèrent en chœur les passagers (et même le pilote).

On arrive quand ?
?
C'est encore loin ?

IL N'Y A QUE 400 KILOMÈTRES !

Mais le voyage n'était pas encore fini ! QUELQU'UN les attendait à l'aéroport.
Nicky secoua son chapeau en direction d'un beau gars portant un pantalon et un blouson en jean. Le gars *(ou plutôt le rat)*, était adossé à un petit camping-car décoré de grandes

fleurs jaunes, blanches et orange. Colette n'en croyait pas ses yeux !

– WAOUH ! Par tous les rouges à lèvres ! On dirait qu'il est fait pour moi !

Elle parlait du camping-car, naturellement, pas du garçon !

Nicky fit les présentations :

– Les filles, voici Billy, le neveu de Naya, ma nounou. Billy va nous conduire jusqu'à la ferme !

Après une heure de route, c'est Violet et Paulina qui demandèrent :

– **C'est encore loin ? On arrive quand ?**

Billy répondit avec un grand sourire :

– Ne vous inquiétez pas ! Il n'y a *que* 400 kilomètres… plus ou moins.

Colette pâlit.

– Comment ça, QUE 400 kilomètres ?

Billy désigna l'horizon.

– Vous savez, l'Australie est un pays immense !

En Australie, tout est relatif !

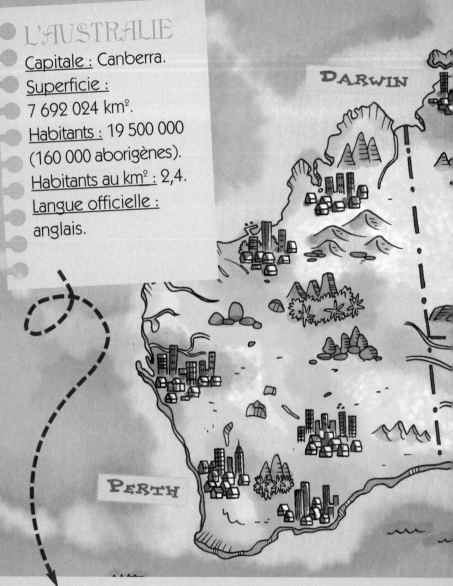

L'AUSTRALIE

Capitale : Canberra.

Superficie :
7 692 024 km².

Habitants : 19 500 000
(160 000 aborigènes).

Habitants au km² : 2,4.

Langue officielle :
anglais.

Les premiers témoignages de la présence humaine en Australie remontent à 40 000 ans.

Le premier Européen à débarquer en Australie, sur la côte ouest, fut le Français de Gonneville (en 1503) ; la côte orientale ne fut explorée que bien plus tard par l'explorateur britannique James Cook, qui en prit possession au nom du roi d'Angleterre (en 1770).

En 1901, l'Australie devient une Fédération indépendante dans le cadre du Commonwealth (l'association qui regroupe les nations qui faisaient partie de l'Empire britannique) ; aujourd'hui encore, la reine d'Angleterre est considérée comme son chef d'État.

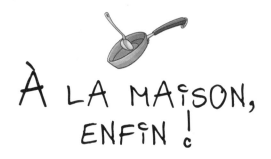

À LA MAISON, ENFIN !

Le voyage des Téa Sisters dura toute la nuit. Elles traversèrent des MONTAGNES et des vallées, et arrivèrent enfin dans une prairie qui semblait infinie.

Quel endroit MAGIQUE !

La lune était haute dans le ciel. L'herbe scintillait de rosée, à perte de vue. Dans le lointain, dans de gigantesques enclos, on devinait des TACHES BLANCHES. On aurait dit de pâles buissons, mais c'étaient en réalité d'immenses troupeaux de mérinos, endormis – ces moutons sont

parmi les meilleurs producteurs de laine du monde.

Nicky et Billy se relayaient au volant. Violet, Paulina, Paméla et Colette somnolaient et leur tenaient compagnie à tour de rôle.

Pour les Téa Sisters, c'était merveilleux de bavarder entre amis au clair de LUNE !

Nicky s'informa sur la situation à la ferme.

– Tu jugeras toi-même ! répondit Billy, en S'ASSOMBRISSANT.

Le voyage se termina aux premières lueurs de l'aube.

– *Ma maison !* s'exclama Nicky en désignant à ses amies une belle villa dans le lointain.

8
2
4
5
6

LE RANCH DE NICKY

1 Enclos central (là où est parqué le troupeau).

2 Maison de Nicky.

3 Écurie (où dorment les chevaux. Dans un coin à part, il y a Stella, la jument préférée de Nicky).

4 Garage pour les engins agricoles (là où l'on range les machines employées pour les travaux des champs).

5 La Vieille Limace (c'est le plus vieux tracteur du ranch).

6 Silos pour le fourrage (on y conserve la nourriture des animaux).

7 Enclos des chevaux.

8 Générateur éolien.

9 Pâturages (les champs où vont paître les troupeaux).

Elle avait les yeux brillants de JOIE !

– Voici l'endroit où je suis née !

Pendant que ses amies déchargeaient les bagages, Paméla, la seule qui dormait encore, entrouvrit les yeux et fronça le museau.

La brise du matin apportait un petit parfum vraiment délicieux.

À s'en lécher les moustaches !

Paméla murmura :

– Si c'est un rêve, surtout, ne me réveillez pas !

Elle allait refermer les yeux, mais... BONNNNG !!! un bruit terrible la fit bondir sur ses pattes.

Sur le seuil de la ferme, Naya, la nounou de Nicky, frappait une poêle avec une louche !

BONG ! BONG ! BONG !

– Allez, les filles ! Bougez-vous la queue ! Je vous ai préparé du fromage de brebis grillé au feu de bois ! Vous n'allez pas le laisser refroidir, **PAS VRAIIII ?**

Après les présentations avec Naya, les **TÉA SISTERS** affamées et Billy se jetèrent sur ces gourmandises fumantes. Quel appétit félin !

Elles se brûlèrent les doigts, le nez, et jusqu'à la pointe des moustaches ! Seule Nicky sut attendre.

– Chère Naya ! dit Nicky.

– Ma petite ! soupira Naya.

Elles s'embrassèrent

fort, **très fort,**

très très fort.

LES FERMES AUSTRALIENNES

En Australie, tout est immense, même les fermes. Imaginez que la plus grande des fermes qui comprend un élevage de bovins (vaches, veaux et taureaux) est aussi grande que l'Albanie (environ 31 000 kilomètres carrés) ! Pour ceux qui vivent dans ces territoires infinis, le moyen de transport le plus commun est l'avion : ils l'utilisent même pour rendre visite à des amis ! Les enfants qui vivent dans les fermes les plus isolées ne peuvent pas aller à l'école : ils suivent donc les leçons à la radio et envoient leurs devoirs par la poste !

Puis, retenant ses larmes à grand-peine, la nounou dit :

– Allez, ça suffit ! Dépêche-toi d'aller manger avec tes amies ! Après quoi je t'emmènerai voir les moutons !

Nicky l'embrassa de nouveau, heureuse de retrouver cette étreinte forte et affectueuse qui l'avait si souvent rassurée quand elle était enfant. En langue aborigène, NAYA signifie « nounou » et sa nounou l'avait vue naître, l'avait aidée à grandir et avait toujours été présente quand elle en avait eu besoin.

UNE ÉTRANGE MALADIE

Après que tout le monde eut mangé à satiété, Naya accompagna Nicky et PAULINA dans l'enclos central de la ferme.

Les moutons malades étaient rassemblés là. Heureusement, ils n'avaient pas maigri et avaient conservé leur appétit.

– C'est bon signe, dit Paulina pour réconforter son amie.

Mais les moutons paraissaient fatigués et ils perdaient leur laine à gros flocons, qui mouchetaient de blanc le vert de la prairie.

Nicky était inquiète.

– *Par toutes les poches des marsupiaux !* Dans moins d'un mois, c'est la **Grande Tonte** ! Nous n'aurons pas de laine à vendre !

Paulina enjamba la barrière, mit des gants de plastique et ramassa des échantillons de terre et des touffes d'herbe pour les analyser.

– La Grande Tonte ? demanda-t-elle, CURIEUSE.

– Ce sont des moutons à laine, expliqua Nicky en désignant le troupeau. Chaque année, à la fin de la saison **froide**, ils sont *tondus*. On rase toute leur toison, puis la laine est vendue à des industriels qui fabriquent des pulls, des robes, des couvertures et plein d'autres choses.

PAULINA s'approcha des moutons.

– Les pauvres ! Mais ça ne leur fait pas mal, quand on les tond ?

– Bien sûr que non ! la rassura Nicky. Mais il faut savoir s'y prendre, avec *délicatesse*.

D'habitude, les moutons de Nicky sont très doux : là, ils sont nerveux et méfiants. Qu'est-ce qu'il peut bien leur être arrivé ?

Paulina aurait voulu les caresser, mais plus elle s'approchait, plus les moutons étaient nerveux. Ils martelaient le sol de leurs sabots et **se serraient** les uns contre les autres.
Paulina leur parlait avec *douceur*, pour les rassurer :
– Tout doux, les petits !
Mais ils étaient de plus en plus nerveux.
– Est-ce parce qu'ils ne me connaissent pas qu'ils se comportent ainsi ? demanda-t-elle, soucieuse.
Nicky secoua la tête, en plissant le front.
– Ce n'est pas normal ! D'habitude, ils sont doux, et quand quelque chose les effraie, ils prennent la fuite… mais ils ne frappent pas des sabots !
NAYA n'avait pas exagéré.

La Grande Tonte approchait et Nicky n'avait plus beaucoup de temps pour trouver une solution. Ses parents étaient loin et ne pourraient rentrer à temps, alors qu'une seule minute de plus pouvait être fatale. Pour la **première fois** de sa vie, c'était à elle de s'occuper de tout.

Saurait-elle se montrer à la hauteur ?

LES MOUTONS MÉRINOS

Les moutons de race mérinos viennent d'Afrique du Nord, plus exactement de Syrie. Ils furent d'abord introduits en Europe, puis en Afrique du Sud et, en 1799 seulement, en Australie, où l'on trouve aujourd'hui les plus grands élevages de mérinos du monde (il y en a 15 millions, soit près d'un mouton par habitant !). Aussi, l'Australie est aujourd'hui le premier producteur mondial de laine ; sur dix couvertures, écharpes ou pulls de laine vendus dans le monde, sept sont tissés avec de la laine australienne !
Curiosité : dans la ville de Goulburn, près de Sydney, se dresse la plus grande statue de mouton mérinos du monde. Elle ne mesure pas moins de 15 mètres !

UN AVION MYSTÉRIEUX...

Nicky et Paulina décidèrent de faire le point :

- Seuls les moutons de l'enclos central étaient malades, les autres se portaient très bien : il ne s'agissait donc pas d'une maladie contagieuse.
- Tous les moutons de la ferme buvaient l'eau du même ruisseau : l'eau n'était donc pas la cause de la maladie.
- Conclusion : s'il y avait quelque chose d'anormal, cela devait se trouver dans l'herbe de l'enclos central.

Elles trouvèrent dans la maison tout le nécessaire pour analyser le terrain. En attendant d'en savoir davantage, Nicky fit déplacer les bêtes dans un autre pré.

Les bergers du ranch s'en occupèrent. Cependant, Nicky alla dire bonjour à **Stella**, sa jument blanche.

Le hennissement JOYEUX qui l'accueillit dans l'écurie lui fit oublier d'un coup tous ses soucis.

– Stella ! Ma petite Stella ! Comme tu m'as manqué !

Nicky sella la jument, monta en croupe et elles S'ÉLANCÈRENT ensemble dans l'immense prairie. Quelle joie ! Quelle sensation de liberté !

C'était génial d'étudier à RAXFORD et l'île des Baleines était un endroit merveilleux, mais… sa terre était là et c'est là seulement que Nicky se sentait pleinement heureuse !

COMME TU M'AS MANQUÉ,
MA PETITE STELLA !

Soudain, Stella poussa un hennissement et fit un écart imprévu.
Surprise, Nicky faillit bien être DÉSARÇONNÉE.
– Que se passe-t-il ? Qu'est-ce qui t'a fait peur ? demanda-t-elle à la jument.
Le museau de Stella était tendu vers le haut.
Dans le ciel était apparu un petit avion.
Cela n'avait rien de **bizarre**, parce que toutes les fermes en possédaient un : on s'en servait pour engraisser les champs et pour VAPORISER de l'insecticide contre les moustiques.
Pourtant, c'est justement cet avion qui semblait perturber la jument.
Nicky pensa qu'il était préférable de rentrer à la ferme. Elle venait d'arriver, quand Paulina accourut, tout essoufflée.
– Il y a du **PLOMB** dans le terrain ! Les analyses sont très claires. J'ai même vérifié sur INTERNET et les symptômes correspondent ! Fatigue, perte de la toison, irritabilité : ce sont les signes sans équivoque d'une intoxication au **PLOMB**.

La jument de Nicky devient nerveuse en entendant le moteur de l'avion. Est-elle simplement effrayée ou pressent-elle un danger ?

Nicky, stupéfaite, s'exclama :
– Mais comment ce plomb s'est-il retrouvé dans l'enclos central ?
Paulina émit une hypothèse :
– Peut-être le pré a-t-il été irrigué avec de l'eau contaminée ?
– L'avion !
La voix de NAYA fit se retourner brusquement les deux filles qui ne s'étaient pas aperçues qu'elle était là.
– Une nuit, il y a quelques semaines, j'ai entendu un avion qui survolait notre FERME à basse altitude…
– La nuit ? dit Nicky en tressaillant. C'est dangereux de voler la nuit !
– Dangereux, bien sûr… mais l'obscurité est aussi le meilleur allié de ceux qui veulent passer inaperçus ! dit Naya.
Nicky devint soupçonneuse :
– Notre mystérieux pilote avait donc quelque chose à cacher !
– Et quelque temps après, les moutons ont commencé à perdre leur laine ! conclut Naya.

Paulina vit que le visage de Nicky se durcissait.
– Dans la région, il n'y a que deux avions, dit Nicky, les oreilles **tremblantes**. Le premier est à nous... et l'autre est à cette crapule de Mortimer Mac Cardigan !
Elle n'ajouta pas un mot.

ELLE SAUTA SUR STELLA ET PARTIT AU GRAND GALOP !

MAIS QUELLE CRAPULE !

Tout en galopant, Nicky essayait de réfléchir. Mortimer Mac Cardigan était leur voisin. Lui aussi élevait des moutons, et plusieurs fois, il avait voulu acheter les terres de sa famille. Ses parents avaient toujours refusé, mais Mac Cardigan n'avait pas déclaré forfait. Une fois, il en était même arrivé à proférer des menaces voilées.

Mortimer Mac Cardigan

C'est l'éleveur le plus méchant de la prairie. Arrogant et antipathique, il ignore les bonnes manières. Dur et impoli avec tout le monde, il se prend pour un gros malin.
C'est une souris qui s'est faite toute seule (mais ça n'a pas donné grand-chose de bien).

À présent, si la laine se vendait MAL, sa famille aurait des problèmes d'argent. Peut-être seraient-ils VRAIMENT obligés de vendre la propriété !

Elle arriva enfin à la ferme des Mac Cardigan ! Mortimer dînait au JARDIN, avec son fils BOB. Lorsqu'il vit Nicky, il faillit avaler de travers !

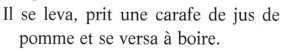

– Mademoiselle Nicky KOF ! KOF ! KOF ! Quelle surprise ! KOF ! KOF ! KOF !

Il se leva, prit une carafe de jus de pomme et se versa à boire.

– Je croyais que vous étiez dans votre beau collège de Raxford ! KOF ! KOF ! KOF !

Tout en buvant, il poussa de la patte un mystérieux bidon de plastique jaune, le faisant disparaître sous la table.

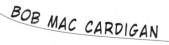

BOB MAC CARDIGAN

Nicky ne s'était aperçue de rien.
– Mac Cardigan ! s'exclama-t-elle, en le fixant **DROIT** dans les yeux. Il y a du **PLOMB** dans mes prairies !
Mac Cardigan devint d'abord **JAUNE**, puis **VERT**, puis **ROUGE**. On aurait dit un piment !
– Quoiquoiquoi ??? Mademoiselle Nicky, est-ce que vous m'accusez de quelque chose ? Comment osez-vous ? Vous allez sortir de chez moi avant que je ne porte plainte pour violation de domicile !
Mais quelle **CRAPULE** !

Attention ! Nicky ne s'en est pas aperçue, mais Mortimer Mac Cardigan cache quelque chose sous la table !
PB

Nicky n'avait hélas aucune preuve concrète pour accuser Mac Cardigan. Aussi, elle remonta en selle et repartit.

BOB esquissa un salut, mais elle ne s'en aperçut pas. Elle était trop en COLÈRE pour y prêter attention.

Bob et Nicky se connaissaient depuis la petite enfance et il avait toujours eu un FAIBLE pour elle. MALHEUREUSEMENT, leurs familles ne s'entendaient pas.

Dès que Nicky se fut éloignée, Mortimer Mac Cardigan éclata de rire :

– HA ! HA ! HA ! C'était pas une belle scène, fiston ?

Bob ne comprenait pas.

– Il s'en est fallu d'un poil de chat qu'elle me prenne sur le fait, cette fouineuse !

En disant ces mots, il sortit de sous la table le bidon de plastique jaune qu'il y avait caché. Un gros crâne noir y était peint, avec deux lettres rouges : **PB**.

Le crâne signifiait « danger » tandis que « **PB** » était le symbole du plomb !

BOB sermonna son père :

– Papa ! Ce que tu as fait n'est pas juste ! Ce n'est vraiment pas juste !

Mac Cardigan devint d'abord ROUGE, puis JAUNE, puis VIOLET.

On aurait dit une aubergine !

– Quoiquoiquoi ??? C'est moi qui décide de ce qui est juste et de ce qui ne l'est pas ! File dans ta chambre, et gare à toi si tu racontes un seul mot de cette histoire !!!

SUR LA TERRE DES ANCÊTRES

Quand Nicky rentra, Naya était en train de préparer le dîner.
Tous s'assirent autour du **FEU**.
Pendant le repas, Nicky raconta sa rencontre avec Mac Cardigan :
– Il ne m'a pas du tout convaincue ! dit-elle. À mon avis, ce rat n'a pas la conscience très **PROPRE** !
Puis elle demanda à Paulina si elle avait trouvé un remède pour les moutons intoxiqués, mais son amie secoua la tête d'un air triste.
– Rien ! Rien qui puisse marcher rapidement !
– À moins que… dit Naya.

TOUT LE MONDE SE TUT.

– … à moins qu'on ne se tourne vers la sagesse des ANCIENS.
Elle avait les yeux qui BRILLAIENT, illuminés par le feu. On aurait qu'ils fixaient quelque chose de très lointain et de très très EN ARRIÈRE dans le temps.
Naya commença à raconter :
– Il y a des milliers et des milliers d'années, les ancêtres de nos ancêtres soignaient tous les êtres vivants à l'aide de fleurs, de feuilles et de racines. Le grand-père de ma grand-mère parlait d'une racine miraculeuse, qui soignait toutes les maladies.
Tout en parlant, Naya avait détaché le collier de graines qu'elle portait autour du cou.

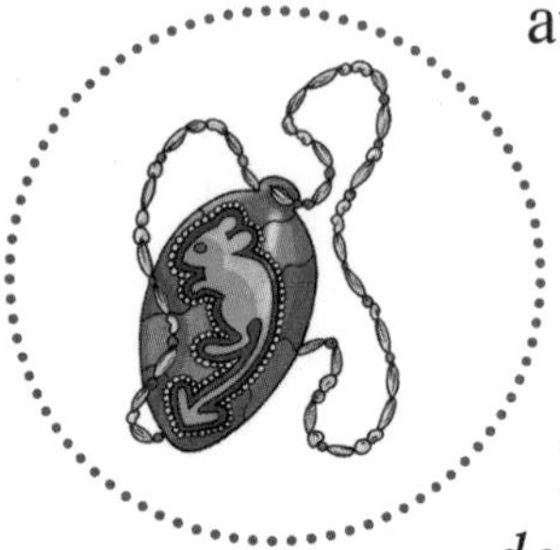

Un médaillon de bois était accroché au collier : une **SOURIS DU DÉSERT** y était dessinée.

Elle le donna à Nicky.

– Ce médaillon est le symbole de ma TRIBU. Prends-le. Il te sera utile dans la *terre des anciens* !

Nicky ne comprenait pas.

– Où cela, chère NAYA ?

Naya désigna un point en direction du nord-ouest.

LES TOTEMS

Le totem fait partie de la spiritualité des aborigènes. Ce peut être une plante, un animal ou une roche, qui devient le protecteur et le symbole de l'identité de la tribu. Chaque tribu a un totem différent.

Le totem de Naya est la souris du désert, dont le nom aborigène est : « *mingkiri* ».

– Dirige-toi vers les monts Flinders et cherche *Nepaburra*. Là-bas, tu trouveras les ANCIENS de ma tribu. Ils sauront t'aider à sauver nos moutons.

Puis Naya se LEVA et prit dans son sac un bout de bois plat et lisse, en forme d'ovale pointu. Une longue corde y était liée. Naya serra dans sa main une extrémité de la corde et se mit à faire TOURNOYER avec force le bout de bois au-dessus de sa tête.

VITE !

TRÈS VITE !

TRÈS TRÈS VITE !

Le bois tournait et vibrait, émettant une espèce de bourdonnement.

WOOO WOOOO WOOOO WOOO WOOO WOOO...

De plus en plus fort. De plus en plus puissant.

WOOO WOOOO WOOOO WOOO WOOO WOOOO WOOOO WOOO...

Ce son remplit tout le ciel, des kilomètres et des kilomètres à la ronde.

Violet, PAULINA, Paméla et Colette étaient fascinées.

– Qu'est-ce que c'est ? demanda Violet à Billy.

– Cela s'appelle un *buzzer*, répondit-il. On s'en sert comme une sorte de téléphone. Celui qui entend le son fait TOURNOYER son *buzzer* à son tour. Ainsi, celui qui reçoit le message le renvoie aussitôt, jusqu'à ce qu'il parvienne à destination ! C'est comme un grand jeu du TÉLÉPHONE, tu comprends ?

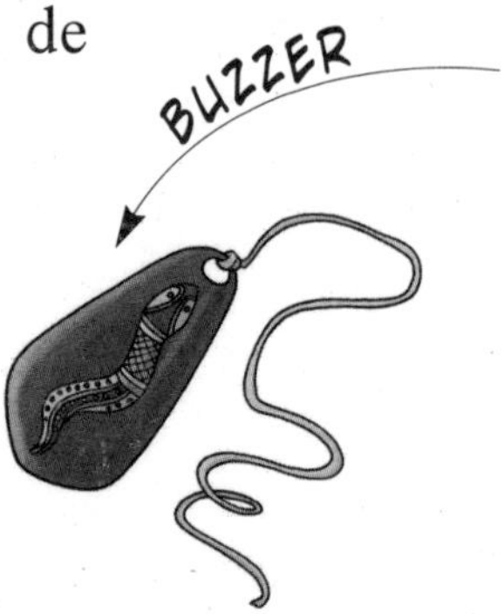

Naya arrêta de faire tourner son instrument.

– Tout va bien, sourit-elle, satisfaite. D'après le code du BUZZER, l'annonce de votre voyage est déjà en route vers Nepaburra !

WOOO WOOOO WOOOO WOOO
WOOO WOOOO WOOOO WOOO...

LES INSTRUMENTS DES ABORIGÈNES

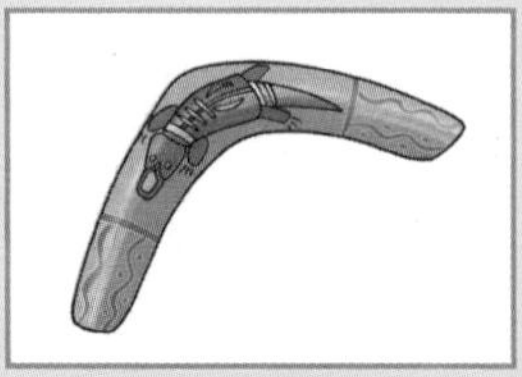

Le boomerang : c'est une pièce de bois courbée, utilisée pour la chasse. Dans la langue des aborigènes, « *boomerang* » signifie « bois qui revient » ; en effet, si la proie n'a pas été atteinte, le boomerang effectue un virage dans les airs et retourne dans les mains de celui qui l'a lancé.

Le buzzer : c'est une pièce de bois plate, à laquelle est attachée une longue corde. Si on la fait tournoyer rapidement, elle produit un bourdonnement très fort, qu'on entend à des kilomètres à la ronde.

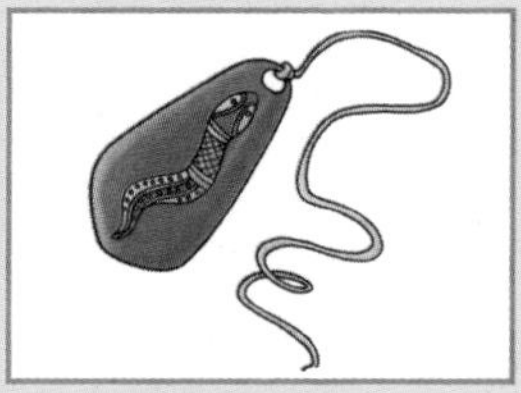

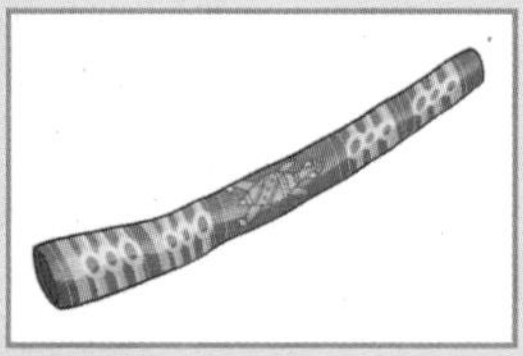

Le didgeridoo : c'est une branche d'eucalyptus, dont le cœur a été rongé par les termites (des insectes qui mangent le bois). On s'en sert pour jouer de la musique et pour communiquer sur de grandes distances. C'est probablement le plus ancien instrument de musique du monde !

Les bâtons de rythme : on les entrechoque l'un contre l'autre pour rythmer les danses. Ils sont ornés des dessins des totems de la tribu.

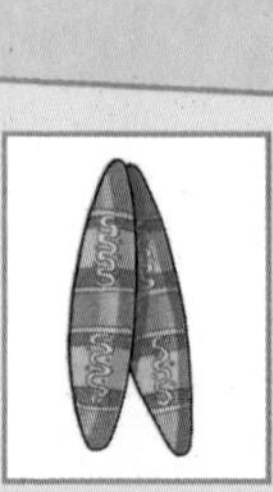

Flying Doctors

Ted, le médecin volant

Les Téa Sisters passèrent le reste de la soirée à étudier des **CARTES** géographiques. Paulina rechercha des informations sur INTERNET. Elles calculèrent la distance séparant la ferme des monts Flinders.
Comme toujours en Australie, les **distances** à couvrir étaient incroyablement vastes. Mais Nicky ne semblait pas trop s'en inquiéter et ses amies étaient bien décidées à ne pas la laisser seule. Avant d'aller dormir, les Téa Sisters préparèrent leurs bagages. Nicky insista :
– N'emportez que le strict nécessaire !
Le lendemain matin, un bourdonnement venu du ciel les réveilla.

LE PARC NATIONAL DES FLINDERS RANGES

Les Flinders Ranges s'étendent dans le sud de l'Australie. Elles constituent un grand Parc national, dont la flore et la faune sont extrêmement riches.

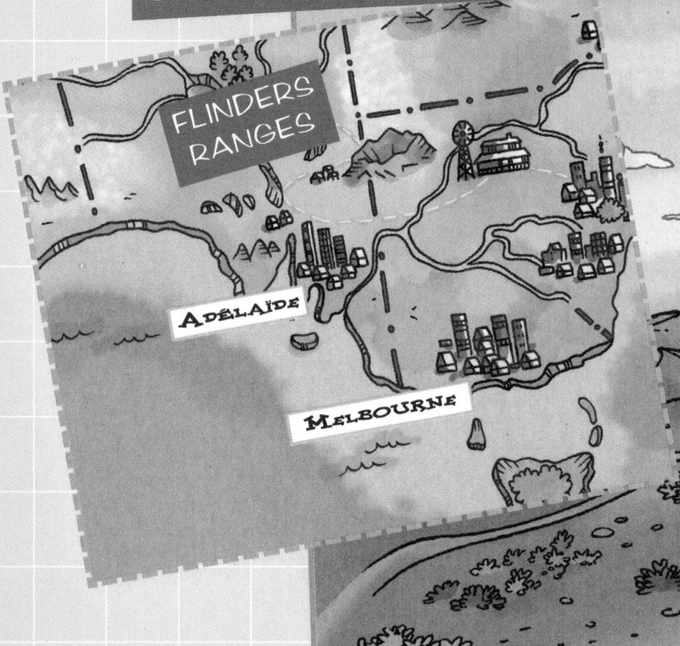

Ici, il n'est pas rare de croiser des émeus (les autruches au traliennes), de grands kangourous gris, ainsi que le petit timide wallaby des rochers à pattes jaunes.

Dans cette région, il ne faut pas rater le cirque de Wilpena Pound, un énorme cratère abritant des pâturages et une riche végétation, entouré de rochers rougeâtres qui dépassent les 1 000 mètres de hauteur. Ni les grottes de Yourambulla, dont les parois sont ornées d'anciennes inscriptions aborigènes. Ni le Sacred Canyon (d'étroites gorges), dont la roche est décorée de multiples gravures, représentant des kangourous, des émeus et des cercles symboliques.

C'était un avion blanc avec un drôle d'emblème *dessiné* sur le fuselage.
Un avion du *Royal Flying Doctors Service* ! Les fameux *Médecins Volants* australiens, célèbres dans le monde entier !
L'avion se posa sur la prairie devant la ferme. Billy s'élança à la rencontre du pilote, un rongeur aborigène à l'air sympathique, arborant une incroyable chemise à fleurs **bariolée**.
Billy le présenta aux filles :
– Voici le docteur Oodgeroo Yunupingu, du *Royal Flying Doctors Service* ! Appelez-le simplement Ted, c'est mon frère !

Ted salua et embrassa tout le monde, et particulièrement Naya.
En un clin d'œil, Billy et Ted chargèrent les bagages des **TÉA SISTERS** dans l'avion.
Paméla avait un grand sac et ses inévitables clefs anglaises.

Flying Doctors

Royal Flying Doctors Service of Australia
Les « Médecins Volants » !

Que faire quand on a mal au ventre alors qu'on se promène au beau milieu de l'Australie ? Le médecin le plus proche peut se trouver à des centaines de kilomètres ! Une seule réponse : en Australie, même les médecins doivent… voler !

Le premier vol des « Médecins Volants » australiens eut lieu en mai 1928. Depuis, tous les jours, 24 heures sur 24, les Médecins Volants ne se sont plus jamais arrêtés !

En 2004, ils ont effectué 210 000 visites (575 par jour), se déplaçant d'un bout de l'Australie à l'autre pour un total de quelque 20 millions de kilomètres. En pratique, c'est comme s'ils avaient fait 500 fois le tour de la Terre !

Paulina avait une sacoche et son inséparable ordinateur portable.

Violet portait une besace, et la PETITE MAISON-CITROUILLE qui abritait Frilly, son grillon de compagnie.

Nicky avait un petit sac à dos et une paire de jumelles.

Toutes n'avaient pris que le strict, le très strict nécessaire !

Quant à Colette, elle avait un minuscule petit sac rose et une **ÉNORME** valise, tellement bourrée qu'on aurait dit qu'elle allait CRAQUER d'un moment à l'autre.

Toutes la regardèrent en silence.

– **EH BIEN QUOI ?** Je n'ai pris *qu'une* valise ! On avait dit le *strict nécessaire* et c'est ce que j'ai pris !

Les autres continuèrent de la regarder. En silence.

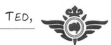

– Elle n'est même pas pleine !
Aucune d'elles ne dit rien. Colette soupira et rentra dans la maison, en tirant derrière elle son énorme valise. Quand elle en sortit, quelques minutes plus tard, elle ne portait qu'un PETIT SAC À DOS et un vanity-case rose.
– Pfff ! marmonna Colette en montant dans l'avion. Si on m'invite au *bal*, je n'aurai rien à me mettre !

Nicky posa une patte sur son épaule.
– CALME-TOI, COCO ! Si quelqu'un t'invite à danser, je me charge de te trouver la tenue qui convient. Parole de **TÉA SISTERS** !
Puis l'avion décolla, léger comme une libellule.

VOYAGER EN AUSTRALIE !

Pour voyager en Australie, il faut :
- une carte géographique de la région ;
- un produit en bombe pour repousser les insectes ;
- un chapeau et de la crème solaire à très haut indice de protection ;
- beaucoup d'eau ;
- des vêtements légers pour le jour et de gros pulls pour la nuit ;
- une torche électrique et des piles de rechange ;
- une pèlerine imperméable durant la saison des pluies (de décembre à mars) ;
- une radio ou un téléphone portable avec tous les numéros utiles.

En outre, il faut connaître les notions de base du secourisme.

CE DEVAIT ÊTRE UN VOYAGE TRANQUILLE...

Le docteur Ted expliqua aux Téa Sisters que quelques heures suffiraient pour parvenir à destination :

– Nous ne sommes pas très loin des monts Flinders. Ce sera un petit vol de *seulement* 500 kilomètres !

En théorie, ce devait être un voyage tranquille, pas du tout aventureux ; EN PRATIQUE, tout alla de TRAVERS !

Vous avez déjà rencontré le responsable des nombreux ennuis qui attendaient les Téa Sisters : Mortimer Mac Cardigan.

En effet, Mac Cardigan, que la visite de Nicky avait inquiété et qui craignait que la jeune fille ne puisse faire obstacle à ses plans, avait surveillé l'avion à la jumelle au moment du décollage.

Puis il appela le standard des Médecins Volants et fit semblant d'avoir besoin de soins :

– Au secours ! Aidez-moi ! Je suis un pauvre rongeur très malade ! J'ai graaand besoin d'aide !

Une infirmière très gentille répondit :

– Calmez-vous et dites-moi exactement où vous vous trouvez !

L'avion avec les Téa Sisters étant parti en direction de l'ouest, Mac Cardigan dit qu'il se trouvait de ce côté-là, près de Buckleboo.

– Vous avez de la chance... répondit l'infirmière. Le docteur Ted est justement en train de voler dans votre direction, vers Nepaburra. Je lui ordonne immédiatement de se dérouter !

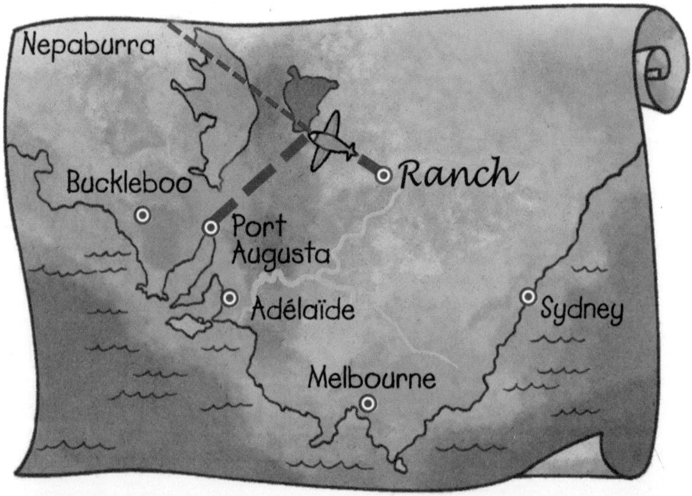

– Merci, mademoiselle ! Merci et encore merci ! chicota Mac Cardigan, satisfait.

Mais son fils Bob avait tout entendu.

– Papa ! Ce que tu as fait n'est pas juste !

Mortimer Mac Cardigan devint d'abord **VIOLET**, puis JAUNE, puis VERT. On aurait dit une courgette marinée !

– Quoiquoiquoi ??? Prends ton sac et viens avec moi ! Je vais t'apprendre, moi, ce qui est juste et ce qui n'est pas juste !

Bob ne comprenait pas :

– Où allons-nous ?

– Sur les monts Flinders, à Nepaburra ! s'exclama Mac Cardigan. Je veux savoir ce que cette **INSUPPORTABLE** fouineuse a derrière la tête !

L'« insupportable fouineuse » était Nicky.

Cependant, Ted avait reçu l'ordre de se dérouter.

Il informa les filles :

– Il y a une urgence. Un gars, *ou plutôt un rat,* a besoin d'**AIDE** ! Mais je ne peux pas vous emmener avec moi : c'est interdit par le règlement.

Les Téa Sisters étudièrent la carte. Elles pouvaient descendre à Port Augusta, d'où elles poursuivraient leur voyage par d'autres moyens.

ET SI ON FAISAIT LE POINT !

Pour les Téa Sisters, c'est une aventure pleine de péripéties qui commence !

– Pour sauver les moutons de son ranch, Nicky doit se lancer dans une course contre la montre !

– Naya, sa nounou, lui confie un étrange collier : c'est un laissez-passer qui lui permettra d'atteindre les sages aborigènes qui savent comment sauver les animaux.

– Les cinq amies commencent leur voyage vers les monts Flinders…

– … mais, en lançant une fausse alerte, Mortimer Mac Cardigan réussit à faire dévier les Téa Sisters de leur route !

TIC TIC
CHAF CHAF
SPLASH SPLASH !

À l'aéroport de PORT AUGUSTA, les Téa Sisters prirent un TAXI jusqu'à la gare. Puis elles montèrent dans un train qui les emmena vers le nord, jusqu'à la petite ville de Hawker. Là, elles attrapèrent au vol un **autocar** qui se dirigeait vers Wilpena, où elles louèrent un 4 x 4. Un 4 x 4 qui était doté de **TOUTTOUTTOUT LE NÉCESSAIRE POUR L'AVENTURE**, comme le répéta plusieurs fois la sympathique souris qui le leur avait loué. Avant de se mettre au volant, *Nicky* vérifia de nouveau l'itinéraire.

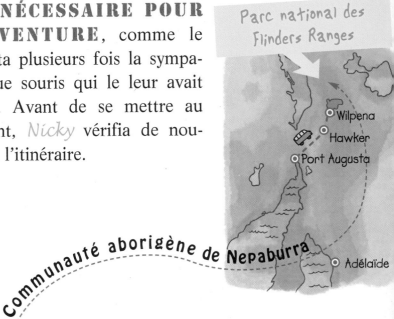

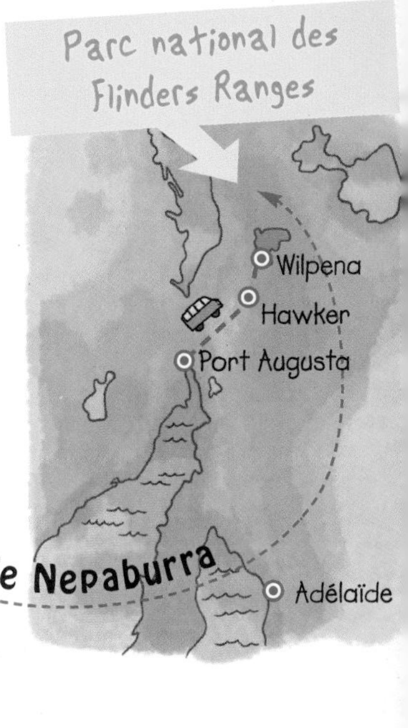

– Regardez ! s'exclama-t-elle en désignant la carte. Voici le Parc national ! C'est là que vit la communauté de *Nepaburra.*

Le voyage commença. Elles traversèrent des paysages merveilleux ! Elles virent des vallées couvertes de prairies, d'arbres gigantesques. Plus loin apparurent des montagnes très hautes, avec des roches POINTUES et rouges. Nicky conduisait. Paméla, Colette, Violet et Paulina sautaient d'un côté à l'autre du 4 x 4, pour ne pas perdre une seule seconde de cet INCROYABLE voyage. C'était à qui découvrirait le plus d'animaux.

– Un perroquet !

– Un aigle !

– Et ça, qu'est-ce que c'est ? Un... PETIT KANGOUROU ?!

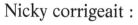

Nicky corrigeait :

– Mais non ! Ce n'est pas un kangourou ! C'est un *wallaby* !

La plupart du temps, elles gardaient le silence, bouche bée, en découvrant des animaux BIZARRES qu'aucune d'elles n'avait jamais vus auparavant : des *wombats*, des *émeus*, et même un *échidné* !

Nicky était heureuse et fière de montrer les merveilles de son pays.

– Les filles… dit-elle en désignant le panorama, voici ce que nous, les Australiens, nous appelons l'*« Outback »*, c'est-à-dire le *désert australien*.

CURIOSITÉ !

Le wallaby est un marsupial de petite taille. Il mesure de 50 à 60 centimètres (contre 1,50 mètre pour le kangourou roux géant). Répandu dans toute l'Australie, il vit aussi bien dans les déserts que dans les milieux boisés ou caillouteux.

Le mot « kangourou » vient de la langue aborigène, où « *kangaroo* » signifie « je ne comprends pas ».

COMBIEN DE PERROQUETS
DANS CETTE IMAGE ?
PEUX-TU LES COMPTER ?

Solution :
Il y a 24 perroquets.

Mais, à un moment donné, une petite pluie très fine se mit à tomber.

tic tic tic tic tic tic tic tic tic tic tic tic tic

Qui se transforma en pluie battante.

chaf chaf chaf chaf chaf chaf chaf chaf chaf chaf chaf chaf chaf

Qui devint un orage avec roulements de tonnerre !

splash splash splash splash splash splash splash splash splash splash splash splash splash splash

Les Téa Sisters n'avaient jamais vu une pareille **averse**.

CURIOSITÉS AUSTRALIENNES !

Imaginez que vous êtes assis à l'ombre d'un arbre qui existait déjà à l'époque des dinosaures... Eh bien, en Australie, c'est possible !
C'est en 1994, dans la vallée de la Montagne bleue, dans la région des Nouvelles Galles du Sud, qu'on a découvert un arbre très rare : le pin de Wollemi. Ce fut une trouvaille retentissante, car il s'agit d'une espèce qui existe depuis 65 millions d'années ! Comme c'est un arbre très rare, qui risque de disparaître, le pin de Wollemi est aussi l'arbre le plus protégé de la planète !

Les gouttes de pluie qui s'écrasaient sur le pare-brise étaient grosses comme des camemberts ! Les essuie-glaces étaient inutiles. On ne distinguait rien au-delà du bout de son museau, car, en plus, la nuit tombait. Les Téa Sisters décidèrent de s'arrêter et d'attendre.

Elles attendirent. Attendirent. Attendirent.

La pluie ne s'arrêtait pas ! Elles dînèrent de tartines au fromage et de jus de pomme. Puis la fatigue l'emporta. L'une après l'autre, les cinq amies glissèrent dans le sommeil…

CHIP CHIP CHIIIP KRIII KRIIIIIIP SCOUIIIP TRI-TRIIII-TRIIIIIIIIIK SCOUIIIK TIOUTIOUTIIOU TOUT-TOU-HI TOUT-TOU-HI

C'EST QUOI, UN BILLABONG ?

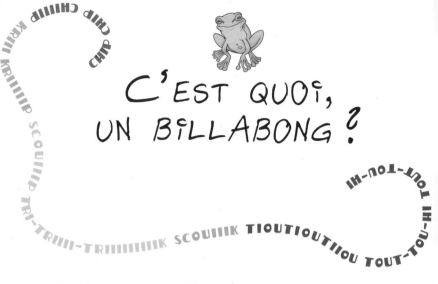

Quel vacarme effroyable ! Les filles furent réveillées par le chant d'un millier d'oiseaux.

Violet ferma les yeux encore plus fort.

Colette se boucha les oreilles.

Paulina demanda :

– Quelle heure est-il ?

Paméla répondit en se massant le ventre :

– Mon estomac dit qu'il est l'heure du petit déjeuner !

Mais pas un rayon de soleil ne filtrait à travers les fenêtres. On aurait dit qu'il faisait encore nuit !

Tandis que ses amies s'agitaient, Nicky s'étira, bâilla, puis hurla de tous ses poumons :

– **SILEEEEENCE !**

Des milliers d'ailes COLORÉES s'envolèrent alors et la LUMIÈRE du matin inonda l'habitacle du 4 x 4. Voilà ce qui s'était passé ! Durant la NUIT, des dizaines d'oiseaux s'étaient posés sur le véhicule. Ils s'étaient perchés partout : sur le toit, sur le capot, les uns sur les autres ! Voilà pourquoi il faisait encore sombre à l'intérieur.

Les TÉA SISTERS restèrent le nez en l'air, à regarder cet incroyable spectacle.

SILEEEEEENCE !

Colette voulut prendre une photographie pour notre journal (à la fin du livre). Elle ouvrit la portière, sauta au-dehors et… SPLASSSSH !
Il y avait de l'eau partout !!!
Nicky aida Colette à remonter dans la voiture.
– Tout va bien, Coco ?
– ÇAVAENCOREMOINSBIENQUESIÇAN'ALLAIT PASDUTOUT ! hurla Colette. JE NE SUPPORTE PAS de prendre un bain dans un étang ! Je ne supporte pas de porter des vêtements trempés ! JE NE SUPPORTE PAS ÇA ! JE NE SUPPORTE PAS ÇA ! JE NE SUPPORTE PAS ÇA !
Quand Colette se fut calmée, Nicky expliqua la situation :

– Nous sommes dans un *billabong.*

– C'est quoi, un *billabong* ? demandèrent les autres, **INQUIÈTES**.

– Les *billabong* sont des lacs qui se forment brusquement après une averse. Ils ne sont pas très profonds, mais ils sont énormes !

– Si l'eau n'est pas profonde, nous pouvons continuer notre route ! dit Paulina.

Nicky secoua la tête.

– C'est trop dangereux. Sous l'eau, il peut y avoir des trous cachés, ou bien des crocodiles.

– Des crocodiles ?!

Elles avaient besoin d'aide ! Elles ne pouvaient aller nulle part. L'eau avait fait sauter les circuits électriques du 4 x 4.

C'est alors que Paméla eut une idée :
– Eh, les filles ! s'exclama-t-elle. Qu'a dit le loueur de voitures ?
– Le 4 x 4 est doté de **TOUTTOUTTOUT LE NÉCESSAIRE POUR L'AVENTURE** ! répondirent les autres en chœur.

– Bien ! L'heure est venue de vérifier si c'est vrai !

s'exclama Paméla, montant d'un bond agile sur le toit du véhicule.
C'est là qu'était le porte-bagages.

TOUTTOUTTOUT POUR L'AVENTURE !

– Waouh ! Regardez tout ce matériel ! s'exclama Paméla qui n'en croyait pas ses yeux. Boussoles, trousse de PREMIERS SECOURS, casques et... *Oh, saperlipopette !*
– Qu'y a-t-il ? demandèrent les autres, qui étaient restées à l'intérieur du véhicule et qui, intriguées, ne voyaient pas ce que faisait leur amie.
– Un **CANOT PNEUMATIQUE** ! exulta Paméla. Un véritable canot pneumatique gonflable avec toutes ses rames !
– Tu veux continuer le voyage sur un canot pneumatique en ramant au milieu des crocodiles ? s'exclama Colette, épouvantée.

– Pas tout le voyage… simplement jusqu'à la MONTAGNE qu'on voit, là-bas ! insista Paméla.
En effet, pas trop loin du 4 x 4 se dressait le SOMMET du pic Saint Mary.
– On va l'escalader. Le *billabong* ne peut pas s'étendre aussi de l'autre côté, vous ne croyez pas ? Et derrière cette montagne, il y a sûrement une ROUTE.

On trouvera bien quelqu'un qui nous conduira à la ville la plus proche !

– Et comment comptes-tu arriver jusqu'en haut ? Je refuse de faire de l'escalade les pattes nues ! Et si je me casse un ongle ? dit Colette.
À l'intérieur du canot, Paméla plaça des cordes, des clous, des crampons et tout le nécessaire pour

faire de l'alpinisme !

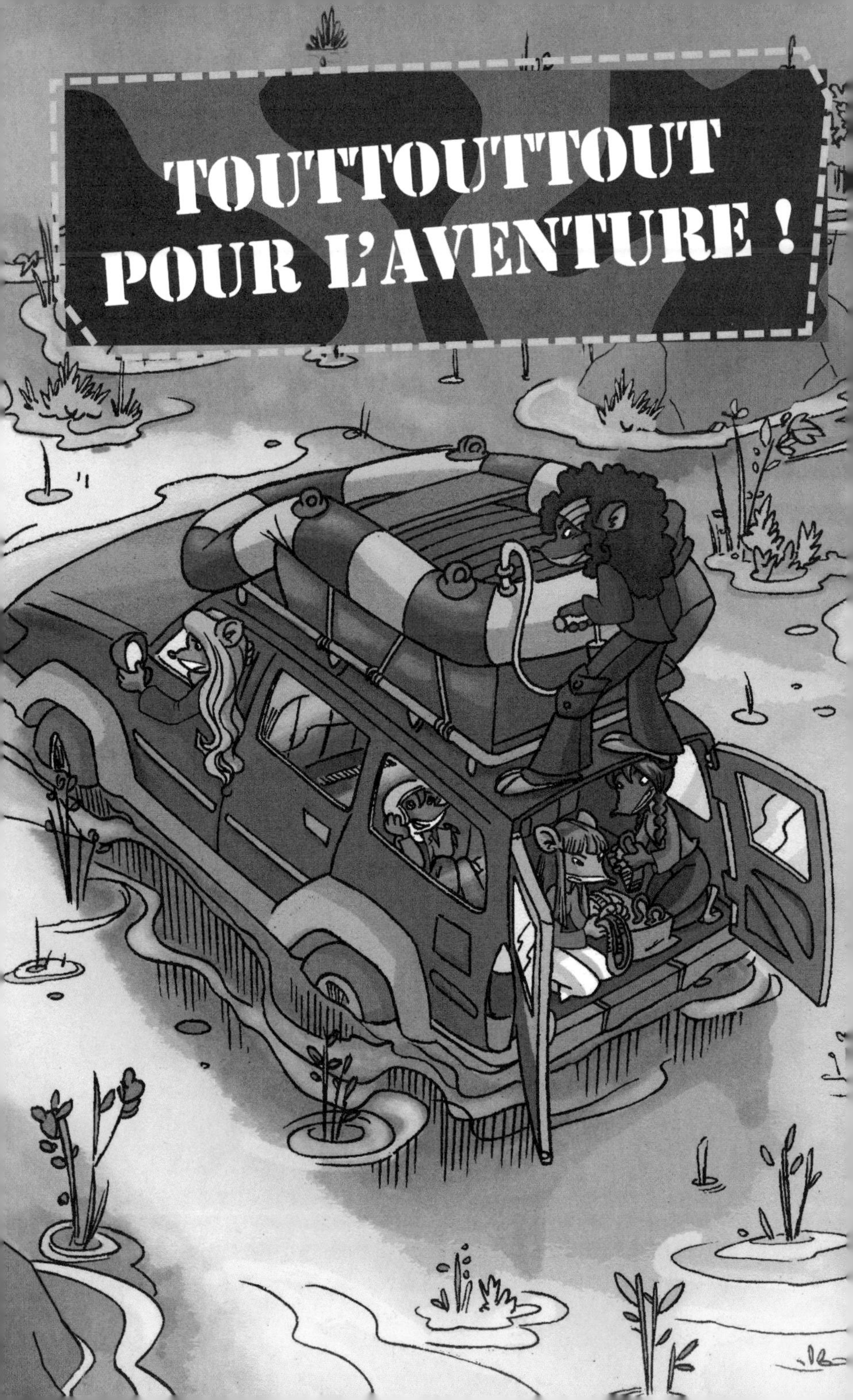
TOUTTOUTTOUT
POUR L'AVENTURE !

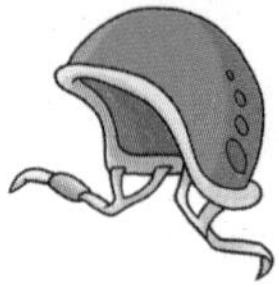

LE ROSE EST MA COULEUR PRÉFÉRÉE !

Les Téa Sisters se dirigèrent en canot vers la paroi **ROCHEUSE**.

Pour Paméla, ce voyage devenait vraiment **assourissant** !

– Vous vous rendez compte, les filles ? Des étendues infinies, une **Averse** diluvienne, et maintenant l'ascension d'une montagne ! Voilà ce que j'appelle une aventure digne des **TÉA SISTERS** !

Son enthousiasme était contagieux.

– Pour les Téa Sisters, bip bip bip... bourra ! s'écrièrent les amies en chœur tandis qu'elles ramaient. Après l'orage, le ciel était redevenu limpide.

L'air VIF donnait envie de bouger.

– Après toutes ces heures à rester assise dans le train et dans la voiture, j'ai vraiment besoin de me dérouiller les pattes ! dit Paulina.
TOUTES l'approuvèrent. Enfin, **PRESQUE TOUTES**...
– Je veux une baignoire à hydromassage ! se plaignit Colette. Vous, vous n'avez pas piqué une tête dans une *flaque* géante ! Je dois être horrible avec les cheveux mouillés !
– Oh, tu es toujours aussi délicieuse, Coco ! la rassura Violet, en souriant. Regarde ! On dirait que ce petit casque *rose* est fait pour toi !

Elle le lui plaça sur la tête et lui conseilla de se mirer dans l'eau du *billabong*. Colette sourit à sa propre image qui se REFLÉTAIT.
– Le rose est ma couleur préférée !

Puis elle regarda Violet et l'EMBRASSA.
– Merci, Violet ! Tu es une amie !
Cependant, Paméla se considérait comme la plus expérimentée en matière d'**ALPINISME**.
Elle inspecta l'équipement de chacune et les assomma de recommandations :
– Ne **jamais** prendre à la légère une course en montagne ! Ne **jamais** sous-estimer la montagne ! Et ne **jamais**, **jamais**, **jamais**...
L'alpiniste expérimentée qu'elle croyait être avait décidé que c'était à elle de veiller sur ses camarades !

ENTRE L'EAU ET LE CIEL

– Un dernier **effort**, Pam ! Courage ! Allez, tu y es presque !
Violet avait atteint le SOMMET la première, suivie de près par Paulina. Paméla n'arrivait pas à croire que ces deux-là l'avaient dépassée avec autant de facilité. Elle serra les dents, se hissa à la **force** des pattes et, enfin, grimpa à son tour sur la cime.
– Mais comment avez-vous fait ? ***ANF ! ANF !*** haleta-t-elle.
Mais elle écarquilla aussitôt les yeux, le souffle coupé : au-dessous d'elle s'étendait un panorama merveilleux !
– INCROYABLE ! s'exclama Pam.
– *SUPERBE !* murmura Paulina.

INCROYABLE !
SUPERBE !
MAGNIFIQUE !

– Magnifique ! soupira Violet.
– Mon pays ! dit Nicky, émue.
– Regardez ! ENCORE DE L'EAU ! s'écria Colette, à bout.
C'était vrai : le *billagong* s'étendait aussi au pied du versant opposé du pic Saint Mary. Un lac **immense** d'où émergeait une forêt d'arbres et de pics rocheux.
Le silence tomba sur le groupe. Elles étaient étourdies par cette expérience aussi intense et aussi particulière. Et puis...
RROOOOOOOOOOARRRRRRRR
Elles virent approcher dans le lointain un étrange véhicule ! C'était un hydroplane, c'est-à-dire un bateau à fond plat mû par une grande hélice installée au-dessus de la surface de l'eau. On aurait dit un énorme VENTILATEUR !
Quand elle le vit arriver, Nicky sauta de joie.
– Par toutes les poches des marsupiaux ! C'est MITCH !

Mitch était l'un des nombreux neveux de Naya et il était garde du Parc. C'était un gars, *ou plutôt un rat*, TRÈS GRAND, avec une incroyable coiffure touffue pleine de PETITES MÈCHES.

– Je parie que c'est Ted qui l'a envoyé sur nos TRACES, dit Nicky.

Elle avait eu une bonne intuition. Le *Médecin Volant* avait envoyé à Mitch un message par radio, pour lui demander d'aller aider les Téa Sisters.

Les cinq amies poursuivirent leur voyage avec Mitch sur l'hydroplane, glissant sur l'eau pendant des kilomètres.

Le paysage inondé avait un charme irréel. On se serait cru à l'intérieur d'un rêve !

MITCH, COUSIN DE BILLY

Enfin, au coucher du SOLEIL, le *billabong* s'interrompit au bord d'une ROUTE EXPRESS. Mitch dit :

– Voici un bon endroit pour faire du stop.

Au bout de quelques minutes, un petit point parut à l'horizon.

– Un camping-car ! dit Paulina.

– Il est plein de fleurs ! remarqua Colette.

– C'est Billy ! s'exclama Nicky.

Lui aussi était venu au secours des Téa Sisters !

Aïeçafaitmal !

Cependant, tout n'allait pas aussi bien pour Mortimer Mac Cardigan.
Tout se passait même TRÈS MAL !
Après s'être fait passer pour malade, il avait forcé son fils BOB à suivre Nicky avec lui.
MAIS, MAIS, MAIS...
Tandis qu'il montait dans son petit avion, il trébucha sur un caillou et se foula une cheville.
– Aïeçafaitmal !
Au moment du décollage, une guêpe entra par la fenêtre et le piqua à l'oreille.

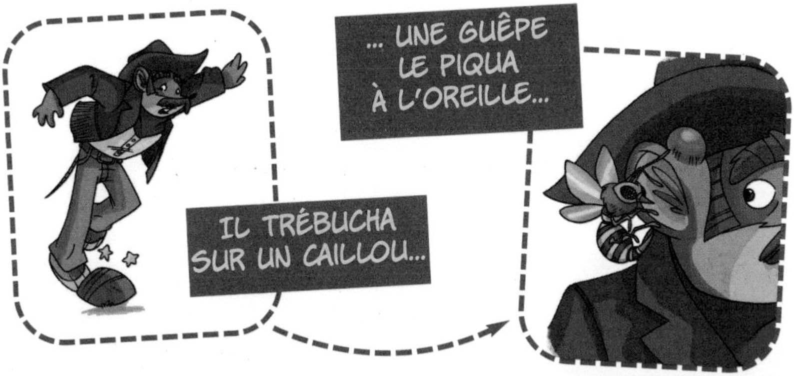

IL TRÉBUCHA SUR UN CAILLOU...
... UNE GUÊPE LE PIQUA À L'OREILLE...

... IL S'ÉCRASA DEUX DOIGTS DANS LA FENÊTRE...

... IL S'ENRHUMA !

– **Aïeçafaittrèsmal !**

Il voulut fermer la fenêtre et s'écrasa les doigts.

– **Aïeçafaithorriblementmal !**

Il venait de décoller, quand éclata l'orage qui avait bloqué les Téa Sisters.

Mac Cardigan fut obligé d'effectuer un atterrissage de fortune.

À cause des CAHOTS du petit avion, il récolta toute une collection de bosses, aussi grosses les unes que les autres.

Bob et lui restèrent bloqués toute la nuit sous la PLUIE.

Les gouttes tambourinaient avec violence sur le toit de l'avion.

Dans la cabine de pilotage, le bruit du déluge était si fort que les deux souris ne purent fermer l'œil.

Le matin, Mortimer avait la cheville enflée, l'oreille qui palpitait, les doigts endoloris, la tête toute cabossée, et il s'était même ENRHUMÉ !

Bob essaya de le convaincre de changer d'avis :

– Allez, papa, on rentre à la maison !

Mais son père devint d'abord VERT, puis ROUGE, puis JAUNE.

On aurait dit un pamplemousse !

– Quoiquoiquoi ??? Tais-toi ! C'est moi qui décide !

Mac Cardigan continuait à jouer le rôle de la souris sûre d'elle-même, mais en réalité, il était vraiment désespéré. Qui allait le soigner, maintenant ?

– Allons à Curdimurka ! proposa Bob. Il y a toujours plein de gens qui débarquent là-bas à l'occasion du Grand Bal ! On trouvera sûrement un MÉDECIN ! Il y aura bien quelqu'un qui pourra te soigner !

Mais ce que Bob ne pouvait imaginer, c'était que les Téa Sisters devaient elles aussi arriver dans la fameuse ville de Curdimurka !

BIENVENUE À CURDIMURKA !

La ville de Curdimurka fut fondée à la fin du XIXe siècle, à l'occasion de la construction du chemin de fer de l'Outback (le désert australien). Puis, petit à petit, elle a été abandonnée.
Aujourd'hui, Curdimurka est une ville fantôme, même si, tous les deux ans, elle reprend vie quand s'y déroule le Grand Bal de l'Outback, la plus importante fête d'Australie méridionale, avec des groupes qui jouent de la musique pendant toute une nuit.

LA PLUS ÉLÉGANTE DU GRAND BAL !

Billy fit monter les filles dans le camping-car. Mais, pour les Téa Sisters, les nouvelles n'étaient pas bonnes.

– Toutes les routes sont BLOQUÉES, les filles ! annonça Billy. Il faut s'arrêter pour la nuit à Curdimurka. Heureusement…

Et toutes :

– OUI ?!

Billy poursuivit :

– … heureusement, cette nuit, JUSTEMENT, se déroule une fête ! Le Grand Bal !

– *Le Grand Bal ?* s'exclamèrent en chœur Paméla, Violet, Colette et Paulina.

– Tous les deux ans, à Curdimurka a lieu le Grand Bal de l'Outback, expliqua Nicky. C'est une fête traditionnelle, très populaire dans la région.

Cependant, Billy chantonnait joyeusement :

– « Si tu veux vraiment bien connaître [l'Australie,
Il faut que tu te rendes à Curdimurka !
Tu danseras, tu sauteras toute la nuit,
Des tonneaux de jus de pomme [tu ingurgiteras ! »

À l'approche de Curdimurka, les **routes GROUILLAIENT** de rongeurs. Tous voulaient prendre part au Grand Bal de l'Outback !
Tous, sauf Nicky.
Elle n'avait pas de temps à perdre !
Elle pensait à ses moutons malades, elle se disait qu'il était urgent de trouver un remède.

Mais… toutes les routes étaient vraiment bloquées ! Nicky ne savait pas comment faire !
Violet s'en aperçut et lui souffla :
– En Chine, il y a un proverbe qui dit : « Si tu ne peux aller où tu le veux, sois où tu es. » Tu es ici, et tu n'y peux rien. Profite donc de ces moments !

VIOLET AVAIT BIEN RAISON !

Il n'y avait qu'une chose à faire pour Nicky : accepter le changement de *programme* et attendre le lendemain. Et puis ses amies pourraient s'amuser au bal !
– OK, on va s'amuser ! dit Nicky en les guidant en ville.

Quel spectacle incroyable ! Quelle fête ! Il y avait des STANDS et *orchestres de danse* partout !

Il y avait des manèges, des **jongleurs**, des BALLONS !

Il y avait mille bonnes choses à MANGER !

Les Téa Sisters étaient étourdis et émues par ce brouhaha. Seule Colette marchait en silence, les yeux baissés.

– Tout va bien, *Coco* ? demanda Nicky.

Mais Colette éclata en sanglots :

– Nonçavapasdutout ! Rien ne va ! Je ne peux pas aller au bal habillée comme ça ! Regarde mes cheveux... et ces vêtements !

– Écoute-moi, *Coco*, dit Nicky pour la consoler. Je t'ai donné ma parole de Téa Sister que s'il y avait un bal, je me chargerais de te trouver la tenue adéquate. Je tiens toujours mes promesses !

Oui, mais où trouver une *robe de soirée* dans une telle pagaille ? Comment faire pour trouver une robe à Colette ?

Nicky regarda autour d'elle.

Puis elle grimpa sur le toit d'une voiture arrêtée au bord de la rue et s'époumona :

– EH, LES GARS !

Tout le monde se tut et s'immobilisa pour la regarder.

– Il y a ici mon amie qui vient de **très loin !**
De France !

Un murmure s'éleva.

– De France ?

– Oui, elle a dit de France !

– ARRÊTE ! De si loin ?

– **GARANTI AU FROMAGE !**

De nouveau, Nicky dut crier :

– Eh bien, cette fille n'a rien à se mettre pour le bal ! Faisons-lui découvrir l'hospitalité des

Australiens ! Il lui faut des vêtements *roses* ! Compris ? Roses !

Aussitôt, la compétition fit rage :

– Moi, j'ai un chemisier rose !

– Voici un CHÂLE !

– Une CEINTURE avec des brillants, ça fera l'affaire ?

– Vraiment tout rose ?

– Garanti au fromage !

Un marchand de biscuits au roquefort proposa sa caravane en guise de loge. Colette commença par se faire un *shampoing*.

Puis Nicky, Violet, Paméla et Paulina l'aidèrent à trouver le *bon look*. Colette était heureuse ! Et les autres étaient heureuses de la voir **heureuse** !

Elles dansèrent et dansèrent et dansèrent pendant des heures, se trémoussèrent sur des milliers de musiques différentes, se laissèrent transporter par le rythme.
Soudain, Violet regarda autour d'elle. Dans la pagaille, elle avait perdu ses amies !
Elle essaya de les appeler, mais le vacarme était trop fort.
Elle essaya de les chercher, mais la foule était trop dense !
Elle se sentit perdue, perdue, perdue, perdue, perdue !
Tandis que Violet regardait autour d'elle, désespérée, la foule commença à avancer comme une *vague* et à applaudir.
Violet ne comprenait pas ce qui se passait.

A
B
C
D
E
1
2
3
4
5
6
7
8
AIDE VIOLET À RETROUVER
SES AMIES LES TÉA SISTERS !

Solution :
Paméla H-4 ; Paulina E-7 ; Nicky A-7 ;
Colette G-7.

Autour d'elle, elle entendait mille cris :
– L'élection de la plus *élégante* du Grand Bal vient de se dérouler ! Et dans un moment, il y aura celle de la plus sympathique et celle de la plus **sportive** !
– Qui est la plus élégante ?
– C'est une blonde ! Une Française de France !
– Celle qui est habillée tout en rose !
– ARRÊTE ! Celle-là ?
– **GARANTI AU FROMAGE !**
– Colette ! s'exclama Violet, heureuse et très surprise.
En effet, Colette montait sur l'estrade pour recevoir le prix.
– C'est mon amie ! cria Violet en se frayant un passage au milieu de la foule.
Les rongeurs s'écartaient pour la laisser passer.
Tous étaient rassemblés au pied de l'estrade.
Il y avait Nicky, PAULINA et Paméla. Il y avait Billy, et tous, tous, tous ceux qui avaient

donné leurs vêtements roses ! Et tous applaudissaient, ravis.

Colette était belle comme une *reine !*

Quand on plaça sur sa tête la couronne de la « plus élégante du Grand Bal », elle avait les yeux brillants d'émotion.

Quelle nuit inoubliable !

Paulina prit plein de photos ! Puis Colette récupéra ses habits et **remercia**, un à un, tous les rongeurs qui l'avaient aidée !

LE COURONNEMENT !
LA PLUS ÉLÉGANTE
DU BAL
BILLY...
MAIS QUE FAIS-TU ?

LA PLUS SYMPATHIQUE DU BAL...
... ET LA PLUS SPORTIVE !
PLEIN, PLEIN, PLEIN DE FEUX D'ARTIFICE !!!

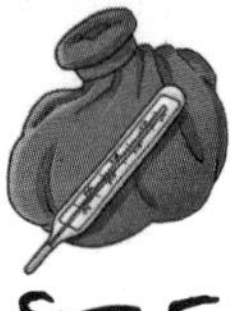

UN TRAITEMENT... TRÈS SPÉCIAAAL !

Mortimer Mac Cardigan avait lui aussi passé la nuit à Curdimurka, mais… à l'infirmerie !
Le médecin qui l'avait accueilli lui avait demandé :
– C'est vous qui vous êtes foulé la cheville ?
Et Mortimer :
– Oui !
– C'est vous qui avez une INFLAMMATION de l'oreille, les doigts enflés et la tête cabossée ?
– Oui !
– C'est vous qui êtes ENRHUMÉ ?
– Oui, oui, oui !
– Ah… conclut le médecin. Alors il vous faut une bonne thérapie de choc !
Mortimer devint BLÊME de peur. On aurait dit un camembert.

– Rosy ! cria le médecin en appelant l'infirmière qui était dans la pièce à côté. J'ai ici le patient que nous attendions. Celui qui a besoin d'un traitement très spéciaaal !

Mac Cardigan balbutia :

– En q-quoi c-consiste le *traitement très spécial* ?

C'est alors qu'entra Rosy, l'infirmière. Elle retroussa ses manches et lança :

– Voyons voir... AHA ! Il faut commencer par une PETITE PIQÛRE ! Ou plutôt : deux petites piqûres ! Non, on va en faire trois, comme ça, on n'en parlera plus !

Rosy empoigna une **ÉNORME** seringue, munie d'une très longue aiguille ! Mac Cardigan voulait s'enfuir. Soudain, il se sentait guéri !!!

Rosy éclata d'un gros rire :

– HA ! HA ! HA ! PEUR, eh ? hein ? Allez, deux bandes, de la

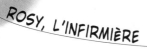

ROSY, L'INFIRMIÈRE

pommade, et un jus d'orange pour le rhume suffiront !

C'est ainsi que Mortimer et Bob passèrent la nuit à l'infirmerie.

Mac Cardigan dormit, tandis que Bob ne put pas fermer L'ŒIL.

Le comportement de son père ne lui plaisait pas. Ça n'allait pas, ÇA N'ALLAIT PAS DU TOUT ! Mais où trouver le courage de se rebeller ?

Quand il essayait de protester, son père devenait de plus en plus IRASCIBLE.

Au moins, cette infirmière lui avait donné une belle leçon !
Cependant, par la fenêtre lui arrivaient les musiques et les rires de la ville en fête.
Bob se sentait triste et n'avait pas envie de sortir.
Il aurait aimé être là avec Nicky. Rire avec elle, PLAISANTER avec elle, danser avec elle !
Si seulement il avait su que Nicky se trouvait à deux pas de lui !
Mais cela, Bob ne pouvait l'imaginer !

Le lendemain matin, Mac Cardigan allait nettement mieux.
Il réveilla Bob en le secouant et sans même lui dire bonjour. Ils montèrent dans leur avion et décollèrent immédiatement.

DESTINATION : NEPABURRA !

ON A TROP, TROP, TROP SOMMEIL !

Non loin de l'infirmerie, devant la gare de Curdimurka, on entendait une tout autre musique :

RONF-RONF GROUMNF BL-BL-BL-BL YAWWWWWNN PFFFFF... PUFF ! BZZZZZZZ RRRONNNF Z-Z-Z-Z-Z !

C'était un concert de RONFLEMENTS, de SIFFLEMENTS, de gargouillements et de bâillements !
Tout le monde dormait ! Sauf Nicky.
Elle était trop agitée : elle pensait à ses moutons, à ses parents et à son ranch en danger !
Billy dormait dans le hall de la gare. Nicky essaya de le réveiller : elle voulait repartir le plus vite possible !
Mais on aurait dit qu'il ne l'entendait pas !

Colette se réveilla et essaya de l'aider, en criant :

– EH, BILLY !

En réponse, mille gargouillis.

– Qui c'est qui crie ?

– Quelle heure est-il ?

– Chhhhut !

– ON A TROP, TROP, TROP SOMMEIL !

Colette essaya de faire plus doucement, mais ce n'était pas facile :

– EH, BILLY !

En même temps, elle le secouait.

De son côté, Nicky essaya de réveiller ses amies, sans déranger les gens autour.

Paulina, Violet et Paméla (surtout Paméla) se plaignirent :

– On a trop, trop, trop sommeil !

Elles finirent par se lever, ramassèrent leurs bagages et se rassemblèrent autour de Billy. Elles le soulevèrent et le **PORTÈRENT** jusque dans le camping-car.

Nicky se mit au volant.

– Allons-y, les filles ! Colette, occupe-toi des cartes ROUTIÈRES ! Nous allons à Nepaburra !
Nicky démarra, faisant tourner le moteur au ralenti. Elle ne voulait déranger personne.
C'est alors qu'un avion passa à basse altitude.

VROAAAAAAAAMMMMMMMM !!!

Tout le monde se réveilla en sursaut.
– ÇA SUFFIT !
– MAIS ENFIN !
– On a trop, trop, trop sommeil !
Puis, aussi brusquement qu'ils s'étaient réveillés, ils se rendormirent.
Nicky se pencha à la fenêtre.
Elle regarda l'avion et le reconnut.
C'était celui de Mortimer Mac Cardigan !

VROAAAAAAMMMMMM!!!

Bienvenue à Nepaburra !

Le voyage des **TÉA SISTERS** se poursuivit sans difficultés.

TROUP... TOUTOUP... POT... POT !

En tout cas jusqu'à ce que le camping-car s'immobilise !
Panne sèche !
Nicky était tellement pressée d'arriver qu'elle avait oublié de surveiller le niveau d'essence. Et Billy était encore en train de ronfler... ou plutôt, il s'éveilla juste au moment où le camping-car cessa d'avancer.
– Oh ? Mais où sommes-nous ?
– À MI-CHEMIN entre Curdimurka et Nepaburra, et il n'y a plus d'essence ! cria Nicky, exaspérée !
Elle avait l'impression de vivre un CAUCHEMAR.

Elle était toujours à un pas de son but, mais ne l'atteignait jamais !

– Il doit bien y avoir une station-service sur cette route ! intervint Paméla, en se proposant comme volontaire. Je vais aller chercher un bidon d'essence.

– Oui, il y en a une, marmonna Billy en se frottant les yeux. Dans vingt ou trente kilomètres, je crois.

Les Téa Sisters frissonnèrent à cette nouvelle. Mais le visage de Billy S'ILLUMINA : enfin, il était parfaitement éveillé. Il se jeta sur la radio :

– Mitch ! Nous avons besoin de toi !

Une demi-heure plus tard arriva un 4 x 4 arborant le **LOGO** du Parc national.

– **MIIITCH !** le saluèrent en chœur Nicky, Paméla, Violet, Colette et Paulina.

C'était la seconde fois en vingt-quatre heures qu'il accourait pour les sauver !

Billy remplit le réservoir. Il pouvait retourner à la ferme : Mitch s'occuperait de conduire les **TÉA SISTERS** à Nepaburra !
Nicky poussa un gros soupir de soulagement. Sa mission était presque accomplie !
Elle allait bientôt rencontrer les ANCIENS de la tribu de Naya. Ils connaissaient le remède pour guérir ses moutons, elle en était sûre.
Quand le chemin de terre ne fut plus qu'un **SENTIER**, les Téa Sisters et Mitch continuèrent à pied... traversant d'épais nuages de mouches, moucherons, moustiques, taons, libellules, guêpes, abeilles et bourdons **GÉANTS** !

BZZZZZZZZZZZZZZZZZZZZZZZZZZZZZZZZZZZZZZZZZZZZZZZZZZ

INDICE !

En plus des perroquets, des insectes et des koalas, quelqu'un surveille les Téa Sisters de trèèès près… As-tu découvert qui c'est ? Où se cache-t-il ?

Heureusement, Nicky avait une bombe aérosol pour éloigner les insectes agaçants. Soudain apparut un groupe de petits aborigènes.

Ils avaient l'air rusé, les cheveux et le corps couverts de BOUE séchée.

La boue servait à protéger les enfants des insectes et des rayons du SOLEIL.

Les petits saluèrent en chœur le garde du parc :

– Salut, oncle Mitch !

– Ce sont les arrière-arrière-arrière-petits-enfants de Naya ! dit Mitch aux TÉA SISTERS.

– Mais vous êtes tous parents, ici ?! s'exclama Paméla.
Les enfants saluèrent en chœur les Téa Sisters :
– Bonjour, les étrangères rigolotes avec des nez rigolos et des cheveux rigolos rigolos rigolos rigolos !
Puis ils s'enfuirent en riant.

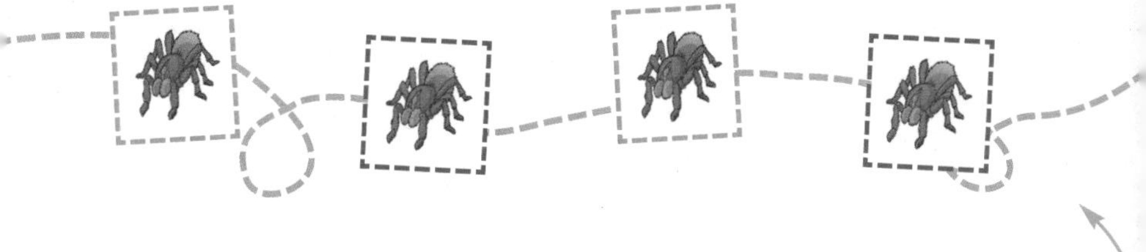

Paméla frissonna : les petits aborigènes jouaient à faire la chasse à d'énormes ARAIGNÉES VELUES !
Violet connaissait le problème de Paméla. Au début de leur amitié, Pam était même terrorisée par Frilly, le grillon de son amie.
Mais elle avait ensuite surmonté sa peur et avait même sauvé la vie de Frilly !
– NE T'INQUIÈTE PAS… murmura Violet, en la prenant par l'épaule. Je te protège !

UNE MYSTÉRIEUSE INDICATION

Enfin, ils arrivèrent au village des aborigènes. Les Téa Sisters étaient attendues : le message que quelques jours plus tôt NAYA avait envoyé avec son *buzzer* les avait précédées.

C'était l'heure du dîner et une soupe de racines mijotait sur le feu, dégageant un fumet délicieux.

– ON MANGE ! s'exclama Paulina.

Elles étaient toutes affamées !

Une jeune aborigène alla à la rencontre des Téa Sisters. Elle était petite et mince, et portait un simple costume à fleurs.

Mitch la présenta :

– Voici Lilly, ma fiancée !

Mitch et Lilly s'embrassèrent tendrement.

Cependant, Nicky regardait autour d'elle, inquiète :

– Où sont les anciens de la tribu ?

– Ils sont **PARTIS** ! répondit Lilly.

Quel coup pour la pauvre Nicky !

MAINTENANT, ELLE AVAIT ENVIE DE PLEURER POUR DE BON !

– Mais je… je dois absolument parler avec eux ! J'ai parcouru des centaines de kilomètres pour les rencontrer !

Lilly comprit qu'il devait s'agir de quelque chose de très grave, mais elle était tourmentée :

– Hélas, **JE NE PEUX** absolument pas te dire où ils sont. C'est un endroit secret ! Seuls les aborigènes ont le droit de s'y rendre.

Nicky était sur le point d'éclater en **sanglots**.

Ainsi, ce voyage jusqu'à Nepaburra avait été inutile !

Mais Violet tira Nicky par un bras.
– Le collier ! Montre-lui le collier que t'a donné Naya !
Nicky était tellement ANGOISSÉE qu'elle avait oublié le plus important !
– Tiens, regarde ! dit-elle en montrant le collier à Lilly. C'est ma nounou qui me l'a donné !
La jeune aborigène fut très surprise :
– Ce collier est spécial ! C'est un collier aborigène. C'est le signe que je peux me fier à toi !
Lilly raconta que les anciens s'étaient dirigés vers le GRAND ROCHER ROUGE D'ULURU, au cœur de l'Australie.

– Je le connais ! C'est AYERS ROCK ! *Uluru* est son nom aborigène ! s'exclama Nicky.

– Si tu veux parler avec les anciens, il te faut aller là-bas et chercher *la montagne dans la montagne* ! conclut Lilly.

Puis elle désigna la petite souris du désert gravée sur le médaillon de Naya et dit :

– Il te montrera le chemin !

Nicky ne comprenait pas.

Lilly la rassura :

– Ne t'inquiète pas. Le moment venu, tu comprendras !

Pendant que Lilly et Nicky discutaient, Paméla fouillait dans son sac et...

– SCOUIIIIIIT !

Elle avait touché une énorme araignée VELUE !

Elle renversa son sac et l'araignée se sauva.

Les petits aborigènes se lancèrent à la poursuite de l'araignée, qui alla se réfugier dans les FOURRÉS.

Mais c'est justement des fourrés que s'éleva un cri désespéré :

– IIIIIK ! SALE ARAIGNÉE !

C'était Mortimer Mac Cardigan !

Il espionnait Nicky quand l'énorme araignée **VELUE** lui avait sauté dessus, juste sur le museau ! Les Téa Sisters le virent **S'ENFUIR**, la queue entre les jambes !

ARAIGNÉES DANGEREUSES !

En Australie vivent sept des dix araignées les plus dangereuses du monde. L'araignée la plus venimeuse est l'*Atrax robustus*. De couleur sombre, elle a un diamètre allant de 15 à 45 millimètres (y compris les pattes) ; elle tisse sa toile en forme d'entonnoir au niveau du sol, à l'intérieur des trous.

En France, la seule araignée dangereuse est la malmignatte, apparentée à la veuve noire. Elle vit habituellement sous les pierres, sous les rochers ou à la base des vieux troncs. Ses dimensions varient de 4 à 15 millimètres et elle est facilement reconnaissable à son corps noir orné de petits points rouges.

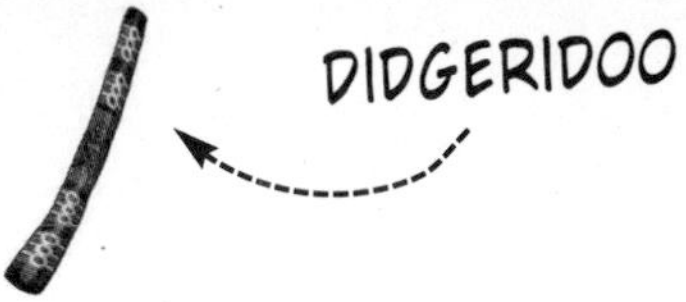

ENCORE SUR LA ROUTE !

La nuit tombait, mais Nicky ne se décidait pas à aller **DORMIR**.

Elle consultait et consultait encore ses cartes routières : la distance entre Nepaburra et l'**AYERS ROCK** paraissait infinie.

Lilly ne comprenait pas pourquoi elle était aussi inquiète.

– Elle craint d'arriver trop tard ! lui expliqua Paulina. Et c'est *maintenant* que ses moutons ont besoin d'un médicament !

Alors Lilly courut prendre un long tronc d'eucalyptus, dont le cœur avait été évidé et qui était décoré de mille PETITS TRAITS COLORÉS.

– Ça, je sais ce que c'est ! dit Paméla. Ça s'appelle… un *gigiridou* !

Mitch la corrigea en riant :
– On dit *didgeridoo* !
... et il prit l'instrument que lui tendait sa fiancée.
Il souffla avec force dans l'orifice, ce qui fit vibrer la branche.
Elle émit un son très bizarre, grave et puissant.

MHOUUUU-IOUUU-OUUU-IOUUU-OUU

Dans le lointain, comme en écho, un autre *didgeridoo* répondit.
Par le biais de cet instrument, MITCH communiquait avec quelqu'un !
Quand il cessa de jouer, il s'adressa à Nicky :
– J'ai trouvé quelqu'un qui va vous conduire !
Vous partirez demain matin dans l'avion de Ted, le *Médecin Volant* !
Enfin, elles pouvaient aller prendre un peu de repos.
Seule Paméla passa une nuit agitée, en rêvant à d'énormes araignées VELUES !

BRRRRRRRRRR RRRRRRRRRRRRRR !!!

Le lendemain matin, au moment du départ, tout le village salua les **TÉA SISTERS**.
Même les petits aborigènes :
– SALUT, ÉTRANGÈRES RIGOLOTES AVEC DES NEZ RIGOLOS ET DES CHEVEUX RIGOLOS !
Puis Mitch et Lilly les accompagnèrent au terrain d'atterrissage le plus proche.
Ted, le *Médecin Volant*, les y attendait.
Avant de monter à bord de l'avion, les Téa Sisters remercièrent leurs nouveaux amis, Lilly et Mitch.
– Ils forment vraiment un très beau couple ! s'exclama Paméla.
C'était si bon de savoir que, là aussi, au CŒUR du continent australien, ils avaient des amis sincères !
Parce que les véritables amis sont vraiment précieux !

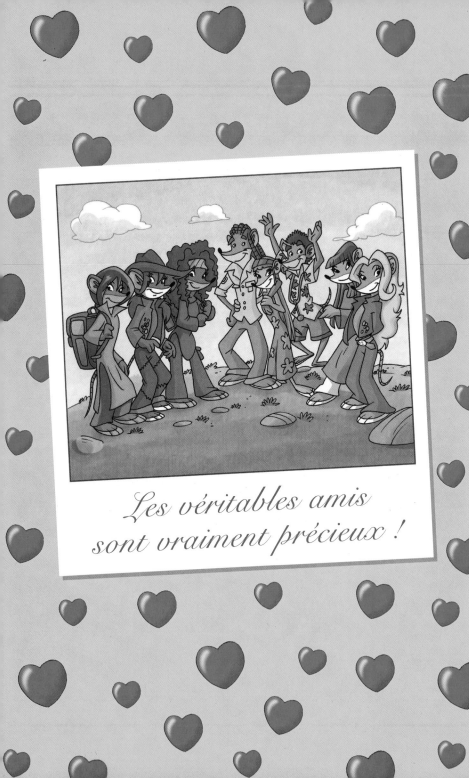

Les véritables amis
sont vraiment précieux !

COMME UN CAMEMBERT DANS UN FOUR !

Au cours du *vol*, Nicky ne cessa de scruter le ciel. Après ce qui s'était passé la veille au soir, elle n'avait plus aucun doute : Mortimer Mac Cardigan la suivait !

Il savait où elles allaient !

Et elle était sûre qu'elle le rencontrerait encore !

Cependant, Mac Cardigan était déjà arrivé à **AYERS ROCK**.

Il voulait tendre un piège aux Téa Sisters ! Mais, mais, mais… Il y avait une nouveauté ! Une grosse nouveauté ! Une **énorme**, une **gigantesque** nouveauté ! Ce matin-là, son fils BoB avait dit :

– Papa, ça suffit. Ne compte plus sur moi !

C'était la première fois que Bob **désobéissait** ! Mac Cardigan cria, hurla, trépigna, mais en vain. Bob se boucha les oreilles et fit comme s'il n'entendait rien.

IL LUI TOURNA LE DOS ET S'EN ALLA

C'est ainsi que Mac Cardigan se retrouva seul au pied d'AYERS ROCK. Au milieu des rochers brûlants.

Il faisait chaud, chaud, chaud, chaud, chaud.

TROP CHAUD !!!

Il se sentait comme un camembert dans un four ! Il se réfugia sous un rocher, à l'ombre.

– Je vais me reposer un petit peu…

Mais il s'endormit !

LA MONTAGNE DE FEU !

Le soleil était encore haut dans le ciel quand les **TÉA SISTERS** atteignirent Ayers Rock. Le *docteur Ted* les salua aussitôt et décolla : il venait de recevoir un nouvel appel urgent.
Nicky fut prudente.
– Il fait **TROP CHAUD !!!** Reposons-nous un peu ! Nous allons attendre que le soleil se couche !
Les Téa Sisters s'installèrent à l'**ombre** pour faire le point.
Paulina et Violet racontèrent ce qu'elles avaient appris sur Ayers Rock :
– Même si nous avions apporté notre **ÉQUIPEMENT** d'alpinisme, il serait inutile ! dirent-elles. Il est interdit d'escalader la montagne sacrée !

Ayers Rock, appelé « Uluru » par les aborigènes, est le plus grand monolithe du monde. Le mot « monolithe » signifie « une seule pierre ». Ayers Rock est donc une montagne faite d'une seule énorme pierre.

La partie visible d'Ayers Rock est longue de 3 600 mètres et haute de 348 mètres. En réalité, le rocher est beaucoup plus grand : en effet, la pierre s'enfonce dans la terre de 700 mètres environ.

Le vent et la pluie ont creusé la pierre en créant des crevasses. Les jours de fort vent, elles « sifflent » de manière mystérieuse. Ce phénomène a donné naissance à de nombreuses légendes.

Ayers Rock s'élève au milieu d'un terrain parfaitement plat. Les moments les plus séduisants pour l'admirer sont l'aurore et la tombée du jour, quand la lumière du soleil rend la roche presque « vivante », l'éclairant d'une gamme infinie de nuances rouges de plus en plus intenses.

Ayers Rock est riche de témoignages de la culture aborigène, tels que les graffitis, c'est-à-dire des dessins qu'on obtient en grattant la roche. Les graffitis les plus anciens qu'on ait retrouvés ont plus de 20 000 ans !

Cependant, Nicky ne cessait de penser aux mystérieuses paroles de Lilly : « Cherche la montagne dans la montagne ! »

Et aussi : « Il te montrera le chemin ! »

Nicky regarda la petite souris du désert gravée sur le médaillon de Naya. Comment ce DESSIN pouvait-il lui montrer le bon chemin ?

Nicky n'arrivait pas à se le figurer…

Enfin, le soleil baissa sur l'horizon. Ayers Rock était imposant et mystérieux.

Dans la lumière du couchant, on aurait dit une montagne de feu !

Nicky prit ses jumelles et commença à scruter les parois rocheuses d'Ayers Rock.

Où pouvait bien être le passage pour pénétrer *dans la montagne*, comme le lui avait dit Lilly ?

Mais, non loin de là, quelqu'un ne perdait pas un mouvement des Téa Sisters... C'était BOB Mac Cardigan ! En effet, après avoir quitté son père, il s'était lancé sur les traces des cinq amies. Il était inquiet pour elles !

Cependant, les Téa Sisters suivaient Nicky en silence, pour ne pas la déranger.

Que pouvait-elle bien chercher ?

Sur une paroi, Nicky découvrit enfin des **FENTES DANS LA ROCHE**, assez larges pour que l'on puisse s'y faufiler. Elle tendit les jumelles à PAULINA et dit :

– Peut-être l'une de ces fissures permet-elle d'entrer dans la montagne !

Paulina les examina longuement à travers les jumelles.

– C'est possible, mais... comment trouver la bonne fissure ?

Soudain, Paméla désigna la petite souris gravée sur le médaillon de Nicky.

– Lilly t'avait dit qu'il te « montrerait le chemin » ! Pendant ce temps, Violet, à son tour, examinait les roches à l'aide des jumelles. Elle **TOURNA** la molette de mise au point et découvrit que sur la paroi, entre deux fissures, étaient gravés d'étranges signes.

Violet tourna encore un peu la molette.

– Par les mille briques de la Grande Muraille ! s'écria-t-elle, surprise.

Elle tendit les jumelles à Nicky.

– **REGARDE !** Est-ce que tu vois ce que je vois ?

De très nombreux dessins de souris du désert sont gravés sur ces rochers. As-tu remarqué que leurs queues indiquent l'emplacement d'un passage dans la fissure ?

Nicky regarda et écarquilla les yeux de stupeur. Sur ces parois étaient gravés des dizaines et des dizaines de très anciens dessins aborigènes ! C'étaient des lignes ONDULÉES, des spirales, des tortues, des lézards, des aigles et des SERPENTS. Mais *surtout*, il y avait BEAUCOUP, VRAIMENT BEAUCOUP, VRAIMENT VRAIMENT BEAUCOUP de petites souris du désert, comme celle figurant sur le médaillon de Naya !

AIDE LES TÉA SISTERS !

Observe les dessins sur la page de gauche et examine les petites souris du désert. As-tu remarqué quelque chose de particulier ?
Écris tes notes ci-dessous :

Toutes les souris n'ont pas les mêmes formes de queues.

UNE QUESTION DE... QUEUE !

– Approchons-nous ! suggéra Paulina. À mon avis, si nous allons examiner ces souris du désert de plus près, elles nous révéleront quelque chose !
Les Téa Sisters se dirigèrent vers la montagne sacrée, vers l'endroit où elles avaient repéré les gravures à l'aide des jumelles.
La paroi recouverte de dessins se dressait à présent au-dessus de leurs têtes.
Paulina avait raison ! Il y avait une foule de petites souris, et quand on les regardait bien, on s'apercevait qu'elles avaient toutes une queue DIFFÉRENTE !

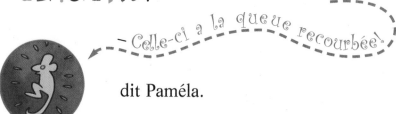

– Celle-ci a la queue recourbée !

dit Paméla.

– Celle-là a la queue droite !

remarqua Violet.

– Et celle-là a une queue en forme de flèche !

observa Colette. Comme celle du médaillon !

Nicky s'approcha pour vérifier.

– C'est vrai ! Bravo, Colette ! Nous devons suivre la DIRECTION que nous indiquent les souris à la queue en forme de flèche ! Ce sont elles qui nous *montreront le chemin !*

– C'est vraiment une idée au poil ! s'exclamèrent-elles toutes en chœur.

C'est alors que Paulina s'aperçut que sur le sol était tracée une sorte de sentier.

– Regardez !

– Assourissant !

– Un passage entre les rochers ! s'exclama Nicky, le cœur battant d'émotion.

La LUMIÈRE basse du couchant éclairait une petite fissure qui s'ouvrait dans la roche, juste à l'ENDROIT désigné par la queue des souris du désert !

Les Téa Sisters avaient les oreilles qui vibraient d'émotion.
Les filles décidèrent de se faufiler à travers cette fissure dans le rocher. Quand elles l'eurent franchie, elles commencèrent à cheminer le long d'un sentier et après un tournant se trouvèrent devant une autre fissure dans la **ROCHE**.
Elle ouvrait sur un tunnel très étroit et très sombre.

Violet dit, d'une voix hésitante :
– Uluru est une MONTAGNE SACRÉE ! Peut-être est-ce irrespectueux d'entrer là-dedans.
– Mais nous ne lui manquerons pas de respect ! dit Paméla.
– *Bien sûr que non !* dit Nicky, en montrant le médaillon. Nous avons une **MISSION** à accomplir et ce médaillon est la preuve de notre bonne foi ! C'est Naya qui nous l'a donné et il nous protégera ! Entrons et recherchons les anciens !
Les cinq filles unirent leurs PATTES et, pour se donner du courage, crièrent en chœur leur devise :

– *Sœurs pour une... sœurs pour toutes !*
Puis Nicky empoigna sa torche électrique et s'engouffra la première dans la fente. L'une après l'autre, les Téa Sisters la suivirent dans le passage obscur.

LA MONTAGNE DANS LA MONTAGNE

Le tunnel s'enfonçait sous terre au cœur de la montagne. La pente était de plus en plus raide et GLISSANTE.

Les cinq amies devaient garder les yeux bien ouverts pour ne pas risquer de tomber.

À un moment donné, elles virent quelque chose qui bougeait dans la pénombre. Paméla hurla :

– Qu'est-ce que c'est ?

La lampe torche de Nicky pointa vers la paroi : elle était couverte de gros, d'énormes, de gigantesques mille-pattes !

Paméla frissonna :

– BRRRRRRRRRRRRR !

Nicky, Paulina, Violet et Colette l'entourèrent, comme pour la protéger.

– N'aie pas peur, Pam ! lui dirent-elles pour la rassurer.

– Tu te souviens ? *Sœurs pour une... sœurs pour toutes !*

Elles ne s'en aperçurent pas, mais elles étaient épiées.

Par trois mystérieuses souris aborigènes ! Deux hommes et une femme, très VIEUX.

Le premier murmura :

– Elles s'aiment bien.

Le DEUXIÈME ajouta :

– C'est beau.

La TROISIÈME conclut :

– Beau et bon !

Les Téa Sisters poursuivirent.

Le passage était de plus en plus resserré.

Nicky avait des sueurs froides.

Elle ne supportait pas les espaces clos. Paulina, Violet, Paméla et Colette tentèrent de la réconforter.

– COURAGE, NIC !
– TIENS BON, NIC !

Les **TÉA SISTERS** ne le savaient pas, mais les trois aborigènes étaient en train de les écouter.
Le premier murmura :
– Elles s'aident.
Le **deuxième** ajouta :
– C'est bon.
La TROISIÈME conclut :
– Très bon !
Les filles continuèrent à cheminer dans le tunnel. Où cela les conduirait-il ? On aurait dit un labyrinthe.
Violet était très fatiguée.
– Les filles, je n'ai plus la force de continuer ! Je suis crevée ! Quand finira ce sentier ? Pfff…
Enfin, la galerie déboucha dans une énorme caverne sombre, seulement éclairée par quelques feux, autour desquels étaient regroupés de nombreux aborigènes. Hommes et femmes avaient le corps couvert de peintures blanches et jaunes.

AIDE LES TÉA SISTERS À TROUVER LA CAVE

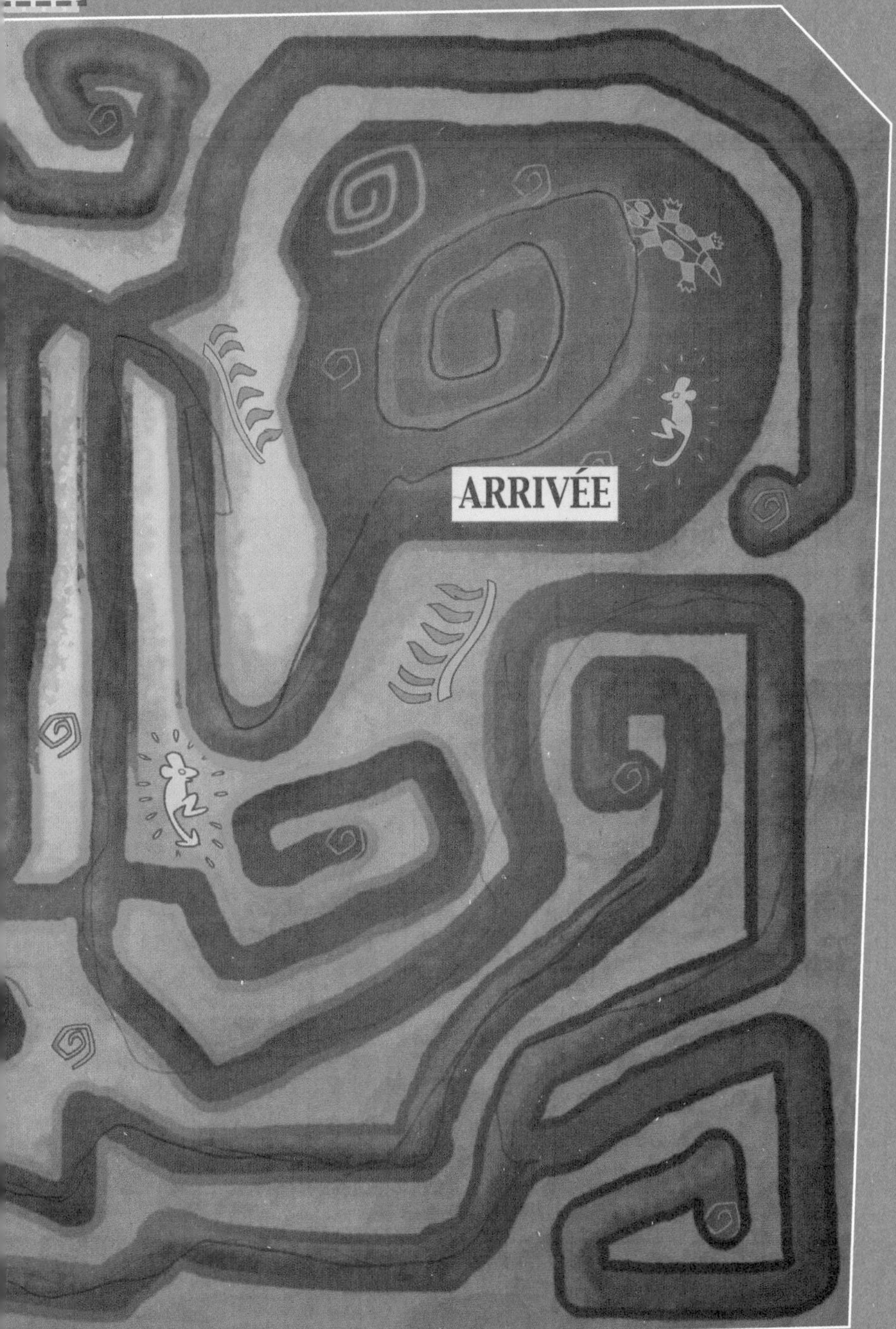

LA SOLUTION SE TROUVE PAGE 212 !

Les Téa Sisters restèrent muettes de stupéfaction.

Ainsi donc, c'était cela, *la montagne dans la montagne* !

Les Téa Sisters étaient encore **PÉTRIFIÉES** par la surprise, quand elles entendirent une voix dans leur dos :

– Salut à vous, ÉTRANGÈRES ! Vous cherchez quelque chose ?

C'étaient les trois aborigènes qui les avaient suivies. Ils étaient tous très vieux, avec de longs cheveux blancs *noués* sur la tête.

Ils se présentèrent :
– Je suis Boba.
– Je suis Napa.
– Je suis Louisa.
Les Téa Sisters demandèrent, étonnées :
– Louisa ?
Louisa éclata de rire.
– Vous savez, mes parents aimaient les prénoms *bizarres* !
Nicky demanda à parler avec les SAGES anciens de la tribu de Naya.
– C'est nous, les anciens ! répondirent-ils.
Les aborigènes les invitèrent à s'asseoir autour d'un feu.
Dans des marmites mijotait une soupe parfumée qu'ils proposèrent aux cinq filles.
En mangeant, Nicky raconta les raisons de son voyage.
– Naya, ma nounou, m'a parlé d'une racine qui guérit toutes les maladies. Même l'intoxication au **PLOMB** ! Elle m'a dit que j'en trouverais auprès de vous, les *anciens* !

Les trois sages éclatèrent de rire.
Boba désigna le médaillon de Nicky et dit :
– Mais la racine ne t'a jamais quittée !
Nicky n'en croyait pas ses oreilles !
– Vous voulez dire que... ce collier ?...
Napa acquiesça :

– EN EFFET ! LE MÉDAILLON EST UN MORCEAU DE CETTE RACINE !

Devant cette révélation, les Téa Sisters restèrent incrédules et... **amusées** !
Elles avaient affronté cette très longue, passionnante, incroyable AVENTURE à la recherche de quelque chose que, en réalité, Nicky... avait toujours eu sur elle !
Louisa donna à Nicky la *précieuse* recette :
– Fais cuire le médaillon ! Il suffit d'un petit bout pour 50 litres d'eau ! Fais-le mijoter à feu doux pendant trois heures. Tu peux même mettre une pincée de sel ! Les moutons aiment ça !

Nicky aurait voulu **REPARTIR** aussitôt.
Mais, à cet instant même, on entendit dans la caverne un cri désespéré.

S.O.S.

CE CABOCHARD DE MAC CARDIGAN !

Mais que s'était-il passé ?! Qui avait poussé ce cri ?
C'était Mortimer Mac Cardigan !
Faisons quelques pas en arrière : nous avons laissé Mac Cardigan endormi au pied de la montagne, à l'**ombre** d'un rocher…
La chaleur écrasante et la fatigue avaient eu raison de sa résistance.
Il dormit très **PROFONDÉMENT** et rêva qu'il était le plus grand éleveur de toute l'Australie.
Et même du **MONDE** !
Des milliers, des millions, des milliards de moutons tout autour de lui !

Mortimer Mac Cardigan, le plus grand éleveur du monde !

Mais dormir beaucoup avait un drôle d'effet sur Mortimer Mac Cardigan ! Il devenait somnambule !

Mortimer s'était levé et avait commencé à escalader une ARÊTE rocheuse, les yeux clos !

Entre-temps, la nuit était tombée.

Mortimer, les yeux toujours fermés, avançait, pas à pas. Il longeait un étroit sentier, les bras tendus en avant.

Et c'est toujours les yeux fermés qu'il s'était cogné à un **ROCHER** en saillie.

– *Aïeçafaitmal !*

Il s'était réveillé en sursaut et s'était agrippé à un buisson ÉPINEUX.

– *Aïeçafaittrèsmal !*

Il était tombé dans une crevasse en hurlant.

– *Aïeçafaithorriblementmal !* AU SECOURS !

Voilà ce qui s'était passé ! Voilà celui qui avait poussé le cri qu'avaient entendu les **TÉA SISTERS** et les anciens de la caverne.

Mais quand ce cri retentit, Bob Mac Cardigan surgit à son tour, très inquiet : jusqu'alors, il avait suivi les Téa Sisters en cachette.

CINQ COLLIERS SPÉCIAUX

Bob, qui venait de pénétrer dans la caverne où se trouvaient les Téa Sisters, s'approcha de Nicky.

– Tu as raison d'être en colère ! Mon père n'a pas été correct avec toi ! Mais, je t'en prie, au nom de notre vieille amitié, aide-moi à le sortir de la crevasse.

Sans hésiter une seconde, Nicky s'empara d'une corde et regarda les trois aborigènes, Boba, Napa et Louisa. Elle réclamait silencieusement leur approbation. Les trois SAGES sourirent d'un air satisfait. Boba murmura :

– Quelle jeune fille GÉNÉREUSE !

Napa ajouta :

– Belle, bonne et généreuse !

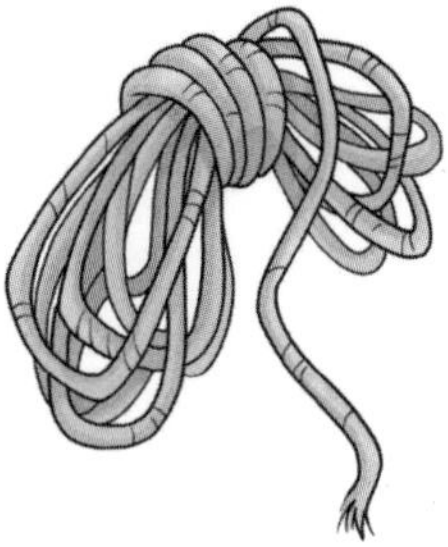

Louisa conclut :

– Celui qui *l'épousera* aura de la chance !

Atteindre Mac Cardigan fut assez simple. Le plus dur fut de le convaincre de se laisser aider par Nicky. Mais, heureusement, Mac Cardigan finit par agripper la corde de toutes ses **FORCES**, et sortit de la crevasse.

Mortimer et Bob s'embrassèrent, un peu embarrassés.

Après tout, peut-être Mortimer avait-il compris la leçon…

Pour finir, ils retournèrent tous dans la grotte, sains et saufs.

Le moment des adieux était arrivé.
Les sages donnèrent aux **TÉA SISTERS** cinq colliers spéciaux, en signe d'amitié éternelle.
De leur côté, Bob et Mortimer promirent de ne révéler à personne le passage secret pour arriver dans la grotte des anciens.
Boba, Napa et Louisa saluèrent les filles très *affectueusement*. Louisa s'approcha de Nicky et l'embrassa.
– Et maintenant, va, petite. Tes moutons ont besoin de toi ! Tu es une fille vraiment courageuse ! Et tu as des amies vraiment spéciales, qui **t'aiment beaucoup** ! Conserve toujours cette merveilleuse amitié !
Nicky serra Louisa très fort et la remercia. Maintenant, elle pouvait retourner à la maison !

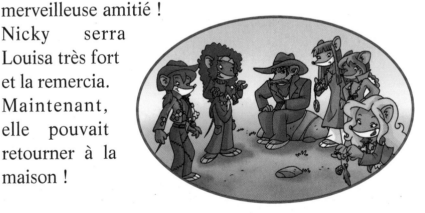

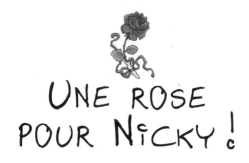

UNE ROSE POUR NICKY !

Le « bouilli de médaillon » fonctionna à la perfection. Les moutons adorèrent !

Et, au bout de quelques jours, leur laine recommença à pousser, plus touffue qu'auparavant.

LA FERME ÉTAIT SAUVÉE !

Les moutons pouvaient participer à la Grande Tonte et Naya pourrait vendre la laine.

Les TÉA SISTERS racontèrent à Naya leur aventure. La nounou voulut connaître le moindre détail de leur visite à Nepaburra et de leur rencontre avec les ANCIENS de la tribu.

Nicky parla au téléphone avec ses parents, qui étaient maintenant sur la ROUTE du retour. Son

père et sa mère étaient impatients de revoir leur fille et de faire la connaissance de ses extraordinaires amies !
Naya embrassa Nicky en la serrant contre son cœur.
– Je suis fière de toi !
– Tout le mérite revient à ton médaillon, NAYA ! répondit Nicky en lui tendant le collier.
Naya secoua la tête en souriant.
– Tu veux dire : *ton* médaillon ! Il t'appartient, désormais, ma petite ! Tu l'as bien mérité !
Les yeux de Nicky se remplirent de larmes.
Un tel événement méritait d'être fêté ! C'est ainsi que Naya organisa une grande fête, avec plein de bonnes choses à manger. Elle appela même un groupe, les **Souris du Désert** ! Tout le monde était là : le docteur Ted, Lilly et Mitch, Billy avec son camping-car à fleurs !
Violet se produisit en jouant du violon, tandis que Paméla l'accompagnait aux bâtons de rythme. Paulina chanta une chanson en

LA GRANDE FÊTE DE LA FERME !

Violet joua du violon.
Paméla l'accompagna aux bâtons de rythme.
Colette fit la seconde voix.
Paulina chanta en espagnol.
Nicky exécuta des figures à cheval !

espagnol, et Colette fit la seconde voix. Pour finir, Nicky, montée sur Stella, sa jument, exécuta une série de figures acrobatiques.
Ce fut vraiment un spectacle au poil !
Tout le monde applaudit à s'en écorcher les pattes ! Mais, à un moment donné, vers minuit, on entendit un avion survoler la ferme. Il volait bas, très bas.
C'était l'avion de Mortimer Mac Cardigan !
Mac Cardigan laissa TOMBER un bidon accroché à un parachute.
Nicky pâlit :
– Ce n'est pas possible… Il ne va pas recommencer ?!

Le bidon toucha terre doucement, puis ROULA jusqu'à l'estrade de l'orchestre.
Les **Souris du Désert** arrêtèrent de jouer. Il y eut un moment de silence chargé de tension.
Nicky alla vérifier. Elle vit, attaché au bidon, un mot signé Mortimer Mac Cardigan !
« Chère Nicky, je regrette d'avoir essayé de détruire ta ferme. La vérité, c'est que j'étais jaloux de vos moutons ! Mais, maintenant, j'ai compris que j'avais tort ! Accepte ce cadeau pour votre fête dansante ! Pourras-tu jamais me pardonner ? »
Nicky sourit et renifla le contenu du bidon : c'était du jus de pomme ! Un éclat de

rire et une salve d'applaudissements accueillirent cette découverte.

Mais, attaché au bidon, il y avait aussi une rose rouge, avec un billet : « Pour Nicky, de la part de Bob. »

Cette rose était comme une promesse.

Nicky huma son parfum en rougissant. Qui sait, peut-être un jour…

Mais elle n'eut pas le temps d'y penser davantage, car l'orchestre s'était remis à jouer.

C'est ainsi, au milieu des chansons et des danses, que se termina cette assourissante aventure australienne des **TÉA SISTERS** !

Une **AVENTURE** qu'elles ne devaient jamais oublier.

Une aventure qui avait encore renforcé leur **incroyable amitié** !

Le lendemain, elles devaient retourner au COLLÈGE DE RAXFORD.

Elles devaient poursuivre leurs études et passer leurs examens.

Peut-être auraient-elles d'autres problèmes à résoudre, d'autres difficultés.

Mais elles n'avaient peur de rien, parce qu'elles étaient ensemble. Parce qu'elles étaient amies !

Beaucoup plus qu'amies. Sœurs !
TÉA SISTERS

ABORIGÈNES 40 000 ANS D'HISTOIRE

Les **aborigènes** sont présents en Australie depuis plus de 40 000 ans. Lorsque les premiers explorateurs européens arrivèrent en Australie, ils trouvèrent 250 clans, qui utilisaient plus de 600 dialectes. Les liens entre ces groupes étaient très forts : ils se réunissaient souvent pour des fêtes et des célébrations. Le monde des aborigènes est un univers complexe, dans lequel les êtres humains et la nature sont étroitement unis.

Voici quelques exemples de la pensée aborigène à travers les paroles des trois sages de la montagne rouge.

Boba murmure :

« Nous ne sommes pas propriétaires de la Terre. La Terre est notre mère. La Terre est notre nourriture, notre esprit et notre identité. »

Napa ajoute :
« Nous n'avons ni frontières ni clôtures. Nous sommes la Terre, de même qu'elle est une part de nous. »

« Nos ancêtres ont parcouru la Terre et, dans leurs voyages, ils ont créé les montagnes, les arbres, les trous d'eau, les dunes, les oiseaux, les animaux et tous les êtres vivants.
Épuisés par tous ces efforts, les ancêtres se sont endormis, devenant des roches, des arbres ou d'autres choses. Et ils sont devenus des lieux sacrés. »

Les **lieux sacrés** (le mont Uluru est l'un d'eux) ont des significations spéciales pour tous les clans. Chaque lieu est « chanté », c'est-à-dire décrit à travers des chants, pour qu'il reste à jamais vivant.

Les secrets de l'art aborigène !

Les peintures rupestres illustrent souvent l'histoire de la Création ou celles du « Peuple du Rêve » (c'est ainsi que les aborigènes s'appellent eux-mêmes), qui, depuis 40 000 ans, « marche sur la Terre à travers la respiration de ses ancêtres ».

Les artistes aborigènes utilisaient des pinceaux confectionnés avec des petits bâtons qu'ils mâchaient jusqu'à en effilocher l'extrémité. Ils se servaient aussi de poils d'animaux ou de plumes, attachés à un manche. Parfois, l'artiste étalait la couleur avec les doigts. Des morceaux de charbon ou d'argile durci servaient de crayon.

Le style « rayon X » est la technique de peinture aborigène la plus connue. Elle montre l'aspect extérieur des créatures dont on fait le portrait, mais aussi leurs organes internes et leur squelette. Chaque figure est extrêmement détaillée. Les aborigènes connaissaient vraiment bien l'anatomie !

Vie dans le désert

Les espions de l'eau

Les aborigènes ont l'habitude de vivre dans des conditions extrêmes. Au cours des millénaires, ils ont appris à connaître la nature et ses secrets. Par exemple, les insectes sont d'excellents « souffleurs » pour découvrir des réserves d'eau cachée : les abeilles, les fourmis et les mouches ne vivent jamais très loin d'un point d'eau. Les serpents et les oiseaux, qui boivent peu, ne sont pas de bons indicateurs.

La plante tout usage

La XANTHORRHOEA : ses fleurs sont pleines de nectar, les feuilles tendres sont comestibles et sa résine fournit une excellente colle.

Vénéneux mais délicieux !

Avant qu'on puisse les consommer, les graines du *burrawang* doivent être écrasées et lavées pendant des semaines, pour éliminer le poison qu'elles contiennent. En les broyant, on obtient de la farine, dont on fait un pain excellent.

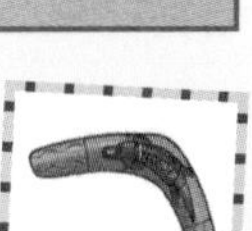

DEMANDE DE L'AIDE À UN ADULTE AVANT DE CUISINER !

BISCUITS AUX NOIX DE MACADAMIA

Découverte en 1828 dans la région australienne du Queensland, la noix de macadamia est un fruit savoureux et nourrissant, idéal pour confectionner des gâteaux et des glaces. Voici une recette facile pour préparer d'excellents biscuits !

RECETTE

Ingrédients :

* 250 g de beurre
* 1 demi-tasse de sucre
* 1 tasse et demie de farine
* 1 cuillerée à café d'essence de vanille
* 1 tasse et demie de noix de coco râpée
* 65 g de noix de macadamia hachées

Préparation :

Mélange le beurre et le sucre jusqu'à ce que tu obtiennes une pâte onctueuse. Ajoute les noix hachées, la farine, la vanille et mélange bien. Avec cette pâte, confectionne tes biscuits en leur donnant des formes de ton invention. Place-les sur une plaque bien huilée, puis saupoudre-les de noix de coco râpée.

Fais préchauffer le four à 180 °C, puis mets-y les biscuits. Fais-les cuire 15 minutes, jusqu'à ce qu'ils soient bien dorés. Attends qu'ils refroidissent… et bon appétit !

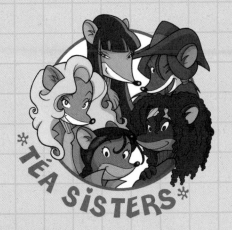

TÉA SISTERS

JOURNAL à dix pattes !

MON CONSEIL :

« SI TU AS PEUR DES INSECTES, APPRENDS À LES CONNAÎTRE... ET À LES RECONNAÎTRE ! »

Petite suggestion : tous les insectes ont 6 pattes ! Leur corps est toujours divisé en 3 parties : la tête, le thorax et l'abdomen. En outre, nombreux sont les insectes qui peuvent voler, grâce aux ailes dont ils sont pourvus.

BRRRRRRRRRR !
J'ai peur de tous les insectes !
Enfin, presque... les papillons sont si jolis !

Joue avec moi !

Lesquels de ces animaux sont des insectes ? Aide-nous à le découvrir !

SOLUTION :

1. Oui ; 2. Oui ; 3. NON, L'ARAIGNÉE EST UN ARACHNIDE ET, COMME TOUS LES ANIMAUX DE CETTE FAMILLE, A HUIT PATTES ; 4. NON, LE MILLE-PATTES FAIT PARTIE DES MYRIAPODES, C'EST-À-DIRE DES ANIMAUX QUI ONT « DES PIEDS INNOMBRABLES » ; 5. Oui ; 6. Oui ; 7. NON, LE SCORPION A HUIT PATTES ET C'EST UN ARACHNIDE, COMME L'ARAIGNÉE ; 8. Oui ; 9. NON, L'ESCARGOT EST UN MOLLUSQUE TERRESTRE ; 10. Oui.

Les marsupiaux

L'Australie est le pays des *marsupiaux*. Les marsupiaux sont des animaux (appartenant à la grande famille des mammifères) qui ont une caractéristique particulière : les femelles ont une « poche » sur le ventre, la *poche marsupiale* !

Ils portent leur bébé dans cette poche, jusqu'à ce qu'il soit capable de se débrouiller tout seul. Le plus célèbre marsupial est le *kangourou*. C'est aussi le plus grand : en effet, il mesure 2 mètres de haut (sans compter la queue) et fait des sauts de 9 mètres !

TOUS DES MARSUPIAUX !

Les autres marsupiaux sont le *koala*, le *wallaby*, le *wombat*, l'*opossum* (une sorte de souris !), le *diable de Tasmanie* et le très rapide *bandicoot*.

UNE BONNE IDÉE !

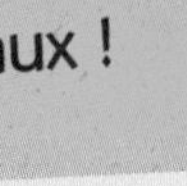

Les sacs connus sous le nom de « sacs kangourous » ont été créés sur le modèle de la poche des marsupiaux !

Nicky

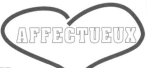

TEST !

Et toi, quel genre de sac es-tu ?

efficace

AFFECTUEUX

AVENTUREUX

Sophistiqué

INSOUCIANT

Même dans le choix de leur sac, les Téa Sisters révèlent leur personnalité. Regarde-les bien : et toi, quel sac choisirais-tu ? Tourne la page et découvre... quel genre de sac tu es.

DE *Colette*

Réponses au test « Et toi, quel genre de sac es-tu ? »

Tu adores les minuscules sacs à main pochettes, très chics, où l'on ne fait tenir que le strict nécessaire (d'après Colette, un brillant à lèvres…) ? Alors, comme elle, tu es élégante et *sophistiquée* !

Tu aimes emporter l'essentiel et le retrouver du premier coup, toujours au bon endroit dans ton sac ? Alors tu es vraiment efficace et fiable, comme notre Violet.

Paméla aime les pantalons pleins de poches pour avoir les mains libres. Ses sacs sont pratiques et élégants ! Tu as choisi le sac C ? Tu es INSOUCIANTE et distraite, comme elle !

Tu as choisi le sac de voyage ? Ton sac est ta « petite maison portative »… dans laquelle tu ne trouves jamais rien ? Alors tu es comme Paulina : AFFECTUEUSE mais un peu brouillonne !

Tu as une passion pour les sacs à dos ? Tu es comme Nicky, sportive et AVENTUREUSE ! Avec toi, même une petite promenade peut devenir une expérience palpitante.

RECETTE CONTRE LA NOSTALGIE !

Crème aux pêches et à la noix de macadamia*

Ingrédients : (pour 6 personnes… ou 5 gourmands !)

1 tasse de noix de macadamia (si tu n'en trouves pas, tu peux utiliser de simples noix) hachées ; 1 tasse de ricotta ; 250 g de pêches ; 1 cuillerée à café de vanille ; 2 cuillerées à soupe de sucre ; 3 pêches fraîches ou au sirop (à utiliser pour la garniture).

POUR CETTE RECETTE, DEMANDE L'AIDE D'UN ADULTE !

Préparation : mélange la ricotta, les 250 g de pêches, la vanille et le sucre (il est préférable d'utiliser pour cela un fouet électrique) avec soin, jusqu'à obtenir une crème épaisse. Dans 6 (ou 5) verres, mets une couche de pêche, la crème, et enfin les noix de macadamia (ou les noix) hachées.

* La noix de macadamia, encore connue sous le nom de noix du bush ou noix de Baphal, est typique d'Australie.

Chère Nicky, quand tu as le mal du pays, console-toi avec ton dessert préféré. Chaque bouchée t'offrira un sourire…

CHÈRE MARIA, MA PETITE SŒUR…
aujourd'hui, j'ai réalisé l'un des rêves de ma vie, devine ce que j'ai tenu dans mes bras… UN KOALA !

Nous traversions une petite forêt d'eucalyptus, quand nous avons entendu de drôles de bruits. Nous avons regardé autour de nous et nous avons découvert ce petit koala. Le pauvre ! Il était tombé dans un fossé profond et n'arrivait pas à en sortir !

Je l'ai tout de suite recueilli ! Il était tellement doux ! Je le serrais dans mes bras et il tremblait un peu.

Plus tard, nous l'avons revu sur un arbre. De ses petites pattes, il s'accrochait très fort à un autre koala plus grand. C'était sa maman !

Ce mignon petit koala m'a fait penser à toi, ma petite douceur !

Je t'aime tellement, tellement, tellement…

ta PAULINA

Par mille bielles débiellisées...

quel endroit merveilleux, cette Australie ! Un pays de superwaouh ! Tout est tellement surprenant que j'ai parfois l'impression de me trouver sur une autre planète, remplie de plantes et d'animaux qu'on ne voit nulle part ailleurs dans le monde ! L'autre soir, par exemple...

Après une journée passée sous un soleil qui nous rissolait les oreilles, nous nous sommes enfin arrêtées au bord d'un fleuve. Quelle merveille ! En deux bonds... HOP ! j'ai plongé. La fraîcheur de l'eau a fait repartir mon moteur, mais, soudain :

– SCOUIIIT ! Au secours ! QUELQUE CHOSE m'a effleuré la patte !

Oui, mais c'est QUOI, ce « quelque chose » ? Il avait le bec d'un canard et la queue d'un castor ! Qu'est-ce que c'est que ce truc ?

Paméla

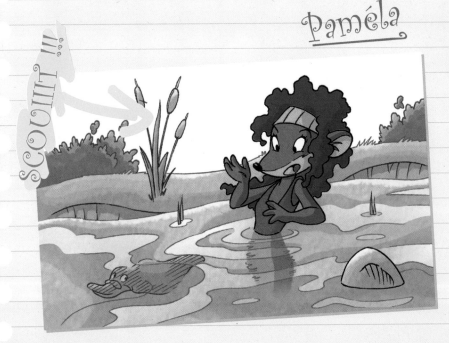

Étranges animaux d'Australie...

L'ornithorynque

Longueur : 40 à 50 cm
Poids : entre 1 et 2 kilos
Longueur du bec : 5,5 cm

Le plus bizarre des animaux !

Il a des pieds palmés et un bec, comme les canards. Mais il a de grands ongles, comme les taupes !

Il creuse des terriers qui peuvent atteindre 18 mètres de longueur.

Les mâles ont deux ergots venimeux derrière les pattes.

C'est un excellent nageur ; il mange des insectes (BEURK !), de petits poissons, des grenouilles et des têtards.

Il a une queue semblable à celle du castor ! Il se nourrit de tubercules, de bulbes, de racines, de maïs, de fruits, d'écorce.

C'est un mammifère et il allaite ses petits. Mais il pond des œufs, comme les oiseaux et les reptiles. (Il a un peu tout mélangé !)

L'ornithorynque vit sur la côte est de l'Australie et en Tasmanie, près des lacs, des fleuves et des torrents.

... et même plus !

Le koala ne boit presque jamais, car les feuilles d'eucalyptus dont il se nourrit lui apportent toute l'eau dont il a besoin.

Est-ce qu'il n'est pas mignon ?

Comme il vit sur les eucalyptus, le koala a l'odeur… des pastilles pour la toux. En effet, l'huile essentielle d'eucalyptus est très employée en médecine. C'est peut-être aussi en raison de cette odeur qu'on ne trouve jamais de parasites dans la fourrure très douce du koala.

Le *kookaburra* est le plus grand des oiseaux de la famille des martins-pêcheurs, mais il vit dans des milieux arides, loin de l'eau. Quand il s'élance de sa branche, c'est pour attraper des insectes, des lézards, des serpents, des rongeurs… mais pas de poissons !

L'émeu est le plus grand des oiseaux après l'autruche. À la course, il peut atteindre les 50 kilomètres à l'heure. C'est le mâle qui couve les œufs : ils sont d'une splendide couleur vert émeraude !

La chambre de Nicky

Ma chambre a beaucoup plu aux Téa Sisters. C'est là que je garde tous mes souvenirs et mes objets préférés.
Sais-tu pourquoi il y a deux lits dans ma chambre ? Les distances sont tellement grandes en Australie que si une amie vient me rendre visite, il arrive souvent qu'elle reste plusieurs jours. Et je suis toujours très heureuse de l'héberger.

Une petite jungle (pour ceux qui disent que je n'ai pas la main verte)
Pour une soirée inoubliable
Les dessins sur le tapis, les rideaux et le couvre-lit sont l'œuvre de Naya. Comment ferais-je sans elle ?

UN GRENIER « SPATIAL » !

Vieux sacs à dos, chaussures de gym usées et chaussures de marche méconnaissables... : quand mon équipement sportif est à bout de souffle, je n'arrive même pas à me débarrasser d'un lacet ! Heureusement, au ranch, nous avons un grenier « spatial » et toutes mes vieilles choses finissent là, dans de grandes boîtes bariolées.
Papa, maman et Naya ne sont pas d'accord... mais je n'y peux rien si je suis une sentimentale !

Nicky

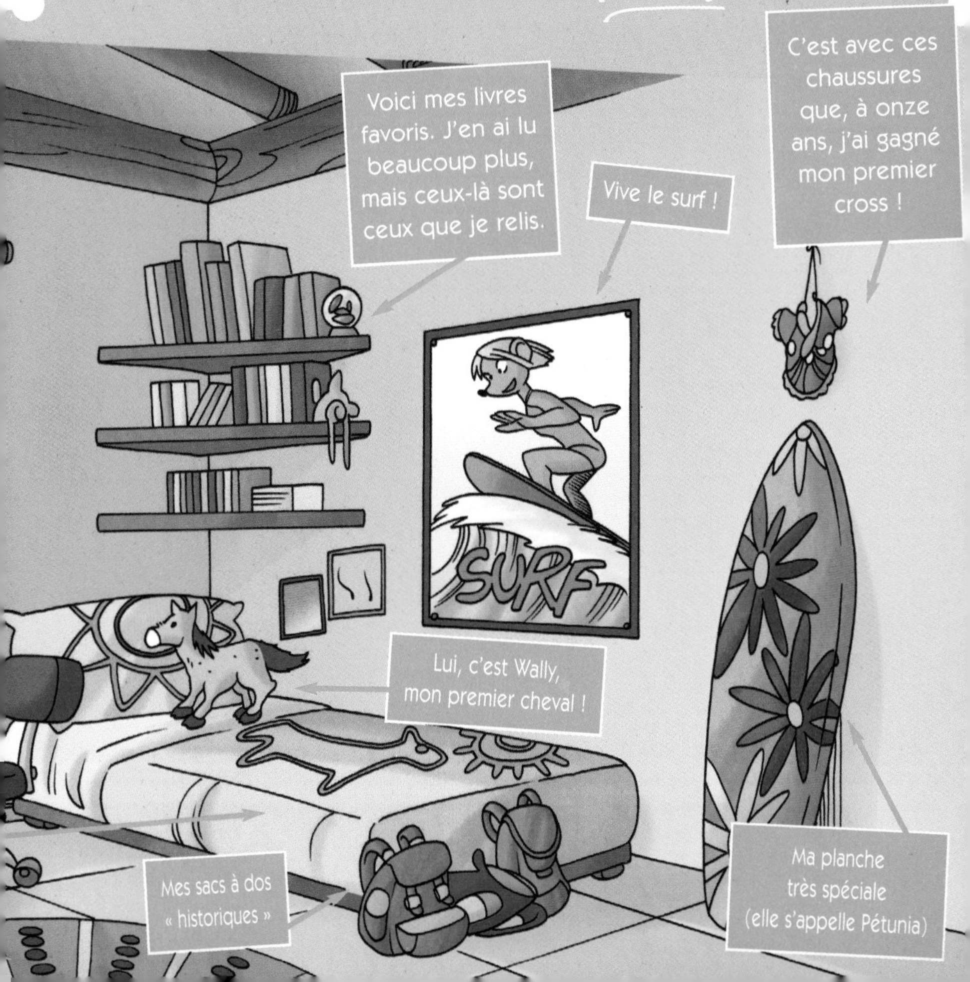

Voici mes livres favoris. J'en ai lu beaucoup plus, mais ceux-là sont ceux que je relis.
Vive le surf !
C'est avec ces chaussures que, à onze ans, j'ai gagné mon premier cross !
SURF
Lui, c'est Wally, mon premier cheval !
Mes sacs à dos « historiques »
Ma planche très spéciale (elle s'appelle Pétunia)

LA MAIN VERTE

Le jardin de Nicky

Ce que j'ai préféré chez Nicky ne se trouve pas dans sa chambre, mais dans la véranda. C'est un splendide jardinet de petites pousses !

Prends une belle pomme de terre. Fais des petits trous très rapprochés sur une moitié. Dans chaque trou, glisse une graine de cresson. Bientôt, des germes vont sortir, semblables à des cheveux verts. Peinds des yeux, un nez et une bouche sous les « cheveux », et le tour est joué ! Si tu trouves des pommes de terre biscornues, tu peux faire plein de têtes rigolotes avec de gros nez !

Étale un linge mouillé sur l'appui de la fenêtre (en flanelle, en coton ou en lin ; du papier absorbant fait également l'affaire). Dispose des graines (lentille ou cresson) en formant un mot (ton nom, par exemple). N'oublie pas que le linge doit toujours être humide… mais pas trop mouillé… Et éloigne les moineaux !

Mets quelques lentilles dans un petit vase avec de l'eau. Les graines germeront très vite, prenant des formes bizarres et amusantes.

Sport

Vive le surf !

L'Australie est une des destinations préférées des fanas du surf. Le **SURF** est un sport inventé par les indigènes de Polynésie (un groupe d'îles de l'Océan pacifique). Le premier Européen à en parler fut l'explorateur britannique *James Cook*.
En 1777, Cook vit quelques indigènes des îles Hawaii glisser sur l'eau, debout, en équilibre sur de longues planches de bois. Sur ces planches, les meilleurs surfeurs peuvent « chevaucher » des vagues très hautes !

Les **PLANCHES DE SURF** mesurent de 1,80 mètre à plus de 3 mètres. Le choix d'une planche dépend de la hauteur des vagues que l'on doit affronter et de l'habileté du surfeur. Pour les débutants, les planches plus grandes sont conseillées : comme elles flottent mieux, il est plus facile de s'y tenir debout.

Pour ne pas déraper, on étale sur la planche de la cire, la paraffine.

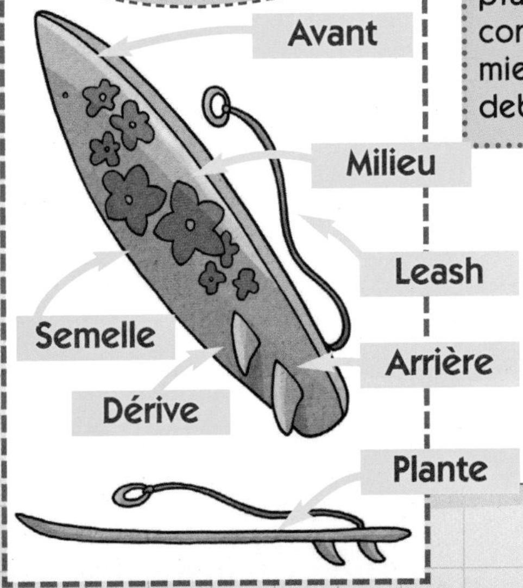

Le leash est le cordon de latex qui relie la planche à la cheville du surfeur. Ainsi, si celui-ci tombe à l'eau, la planche n'est pas emportée par la vague. Un cordon lié à la cheville droite est le signe que le surfeur est expérimenté ; s'il est attaché à la gauche, il est débutant.

À cheval sur les vagues !

Le surf est un sport qui demande une bonne préparation physique... et beaucoup de prudence. Voici les règles essentielles à suivre pour rester debout sur la planche !

Pour entrer dans l'eau, allonge-toi sur le surf, le ventre en bas et les jambes serrées : rame avec les mains pour t'éloigner de la plage. C'est un peu fatigant, il faut donc se muscler les bras !

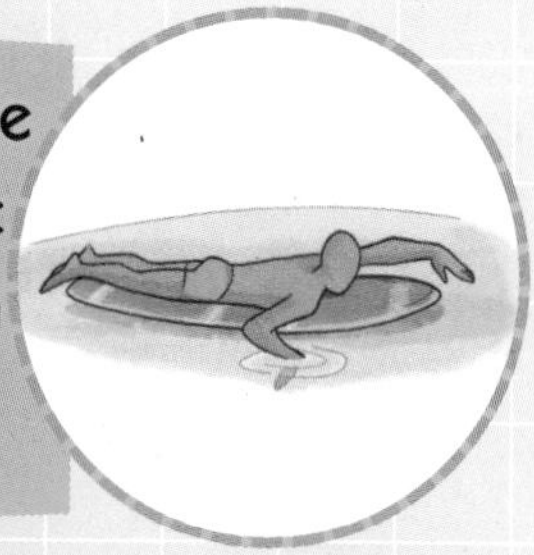

Pour ne pas être ralenti au passage d'une vague, il faut exécuter un « canard » : on pousse la pointe de la planche sous l'eau en appuyant à l'arrière du surf avec le pied.

Voici une bonne vague : c'est l'heure d'un « *take off* » ! Accroche-toi aux bords du surf. Lève-toi d'un bond et écarte les bras pour tenir en équilibre. Un dernier conseil : pour commencer, choisis toujours les petites vagues !

Jeu

Le tapis de Naya

On dirait un SUDOKU, mais c'est le tapis que Naya est en train de confectionner pour moi ! Aide-la à placer les dessins qui manquent, mais rappelle-toi que chaque cadre, chaque ligne et chaque colonne doivent contenir CHACUN des 6 dessins et qu'aucun ne doit être répété.

Voir la solution en page 212.

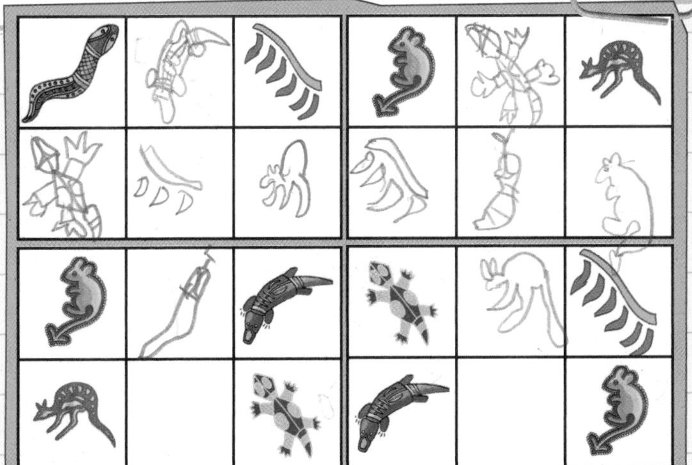

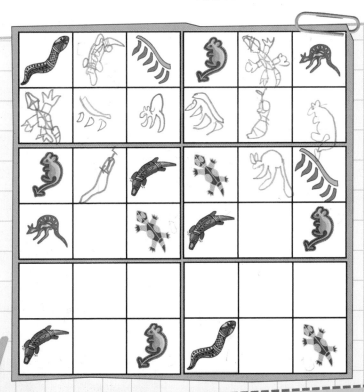

Le SUDOKU est un jeu qui vient du Japon. Son nom est formé de deux mots : su qui signifie « chiffre » et doku qui signifie « unique ». Une grille est formée de 9 rangées et de 9 colonnes et on utilise les chiffres de 1 à 9. Mais le sudoku vient d'un jeu bien plus ancien, appelé le « carré latin », inventé au XVIIIe siècle par un mathématicien de génie, Leonhard Euler.

L'ESCALADE

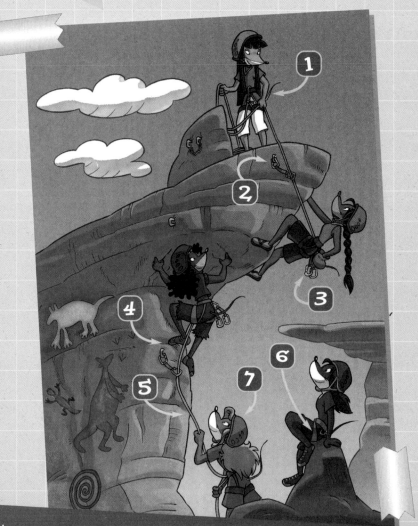

1) vêtements pratiques – 2) mousqueton – 3) poudre de magnésium (pour éviter que les mains ne transpirent et pour qu'elles ne glissent pas sur la roche) – 4) chaussures d'escalade – 5) corde de sécurité – 6) harnais – 7) casque

Les règles de la montagne !

Pour faire de l'escalade en montagne, comme mes amies et moi, quelles sont les règles à respecter ? Voici sept conseils en or !

1. Ne pars jamais seul !
2. Informe tes parents et tes amis du parcours que tu comptes suivre et du but que tu veux atteindre.
3. Choisis avec soin ton équipement et tes vêtements. Surtout, mets des chaussures confortables, qui assurent une bonne prise au sol : pas de tennis, pas de sandales et jamais jamais de talons aiguilles (compris, Colette ?) !
4. Étudie bien le parcours :
   - combien de temps faut-il pour faire l'aller et retour ?
   - quelles difficultés vas-tu rencontrer ? Es-tu capable de les surmonter ?
   - quelles sont les conditions météorologiques ? Si l'on prévoit de la pluie, remets ton excursion à un autre jour !
5. Pour affronter l'ascension de parois difficiles, il est toujours préférable de se faire accompagner par un guide de la région.
6. Arrête-toi souvent, n'attends pas d'être fatigué ; si tu n'en peux plus, rentre.
7. Emporte : de l'eau, des barres énergétiques, une lampe torche, des pansements, des lingettes désinfectantes et un téléphone mobile avec une batterie chargée à bloc !

NON !

NON !

NON !

TEST !

Nous nous sommes fait plein de nouveaux amis en Australie !
Quel est ton préféré ?

Billy : le sympathique

Ted : le dynamique

Micth : le protecteur

Bob : le timide romantique

Mortimer Mac Cardigan : le... laissons tomber !

BILLY

Tu as choisi le sympathique Billy ? Tu es joyeuse et insouciante, et être auprès de personnes qui savent s'amuser sans trop de complications.

TED

Tu as choisi le docteur Ted ? Tu es une personne engagée et altruiste. Tu cherches à avoir des rapports sincères avec les autres… mais tu ne veux pas les avoir toujours dans les pattes.

MITCH

Tu as choisi Mitch, le charmant garde du Parc ? Tu es sincère et réfléchie. Tu n'accordes pas facilement ton amitié, mais quand tu le fais, c'est pour la vie.

BOB

Tu as choisi le timide Bob ? Tu es tendre et protectrice. Tu te méfies de ta première impression, tu essaies de mieux connaître les gens avant de leur accorder ton amitié.

MAC CARDIGAN

Tu as choisi Mac Cardigan ? Tu en es sûre ? Alors c'est que tu es une incurable optimiste, tu trouves forcément un bon côté chez tous ceux que tu croises. Bravo !

Encore des aventures !

Des chameaux en Australie ?
J'ai cru que j'avais des *hallucinations*.

« Colette, calme-toi et fais-toi un shampoing », me suis-je dit, mais en fait... c'étaient vraiment des chameaux et plein de chameliers ! Est-ce que je pouvais laisser échapper une pareille occasion ?

Au retour, je n'étais pas aussi pimpante. J'avais l'estomac tout retourné. J'ai compris pourquoi on surnomme le chameau le « vaisseau du désert » : quand on monte dessus, on a le mal de mer !

Le chameau d'Afghanistan a été introduit en Australie à la fin du XIXe siècle. Il était indispensable pour transporter des marchandises dans le désert, car il n'y avait encore ni trains ni camions. Après l'apparition de ces nouveaux moyens de transport, les chameaux ont été remis en liberté. Ils se trouvent fort bien en Australie, et aujourd'hui, on en compte 500 000 dans tout le pays !

Jamaisjamaisplusjamais ! **Colette**

Beauté : Colette conseille !

En Australie, les cheveux sont mis à dure épreuve ! Le soleil et le vent les dessèchent. Et puis, si vous prenez un bain dans un *billabong*, comme ça m'est arrivé, alors bonjour les problèmes !
Lilly, elle, a des cheveux brillants. *Comment fait-elle ?* me suis-je demandé. Eh bien, Lilly m'a révélé son secret : elle fait cuire la pulpe du **GARLIWIRRI** et l'étale sur ses cheveux. Le **GARLIWIRRI** est une racine et j'ai découvert que crue, sa pulpe tendre fait un excellent chewing-gum.

Petites recettes très faciles

Pour s'éclaircir les cheveux : prépare 1 litre de camomille concentrée (fais-toi aider par un adulte) ; ajoutes-y le jus d'un citron et emploie ce liquide, tiède, pour te laver les cheveux. Enfin, fais-les sécher, si possible, au soleil. La camomille éclaircit les cheveux châtains et donne des reflets dorés aux cheveux blonds.
Pour donner des reflets roux aux chevelures sombres : après le shampoing, rince tes cheveux avec du thé noir concentré. En outre, un peu de vinaigre dans l'eau du dernier rinçage les rendra très brillants. Mais attention aux yeux !

BRICOLAGE !

Souvenirs en fleurs !

Sais-tu que le mimosa (dont le nom latin est *Acacia dealbata*) est originaire d'Australie ? J'en ai cueilli une petite branche en souvenir et je l'ai glissée entre les pages d'un livre. Quand il sera sec, je m'en servirai pour décorer une photographie de ce voyage.

Dans les magasins de bricolage, on trouve des presses à herbier, qui servent à aplatir et à sécher les fleurs et les feuilles. Mais on peut également placer celles-ci entre les pages d'un gros livre (de préférence entre deux feuilles de papier absorbant, pour ne pas tacher les pages du livre), ou entre deux pages de journal avec un poids par-dessus. Quand elles seront bien sèches, avec un peu de colle, tu pourras les utiliser pour décorer des cartes, des marque-pages, des photos et tout ce qu'inventera ton imagination !

RECETTE

Goûter australien

Tu veux étonner tes amis avec un goûter australien ? Ma chère nounou Naya m'a révélé les secrets de sa super-tarte au fromage !

Souviens-toi : pour cuisiner, fais-toi toujours aider par un adulte !

TARTE AU FROMAGE AVEC BROCHETTES

Ingrédients :

Pour la tarte : 500 g de farine ; 1 demi-tasse de noix de macadamia (ou simplement de noix) en morceaux pas trop petits ; 2 œufs ; 125 g de beurre ; 150 g de fromage râpé ; lait ; 1 sachet de levure.

Pour les brochettes : fromage et fruits tropicaux coupés en dés.

Préparation :

Bats les œufs ; ajoute le beurre fondu, la farine, le fromage râpé, les noix et le lait jusqu'à former une pâte onctueuse. Dissous la levure dans 1 demi-verre de lait et ajoute-le à la pâte. Verse le tout dans un moule beurré et saupoudré de farine. Préchauffe le four à température moyenne et fais cuire la tarte pendant 1 heure environ. Entre-temps, prépare les brochettes. Quand la tarte aura refroidi, plante les brochettes à la surface : c'est prêt !

TEST ! Es-tu une véritable amie ?

DÉPART

Comment te sens-tu quand tu es avec tes amies ?

A. Plus forte
B. Plus gaie

Pour une amie, es-tu prête à renoncer à une chose à laquelle tu tiens ?

A. Oui, mais j'essaie de limiter les dégâts
B. Oui, à tout

Es-tu amie avec toutes tes copines de la même manière ?

A. J'ai ma meilleure amie, mais j'aime aussi les autres
B. Aucune différence

Profil 1

Tu es une bonne amie, toujours gaie et disponible. Attention, toutefois, à ne pas décevoir et à ne pas être déçue : l'amitié, c'est beaucoup plus que s'amuser ensemble.

Profil 2

L'amitié est un sentiment très important pour toi. Efforce-toi de connaître tes amies plus à fond : vos relations y gagneront.

... suis les flèches et découvre-le en compagnie des Téa Sisters !

Tes amies se confient-elles à toi ?

A. Je suis leur confidente préférée

B. Non, chacune garde ses secrets

A → B

Si une amie trahit ta confiance :

A. Tu es malheureuse, mais tu lui accordes une seconde chance

B. Tu lui pardonnes quand même

A → B

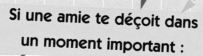

Si une amie te déçoit dans un moment important :

A. Tu penses que les déceptions aident aussi à mieux se connaître et à accroître l'amitié

B. Tu n'y accordes pas trop d'importance

B → A

Profil 3

Ton amitié est comme toi, sage et équilibrée. Celles qui peuvent compter sur toi ont bien de la chance. Mais souviens-toi qu'il faut aussi écouter son cœur, pas seulement sa raison.

Solution

Le tapis de Naya

Voici la solution du jeu de la page 201. Mon tapis est terminé !

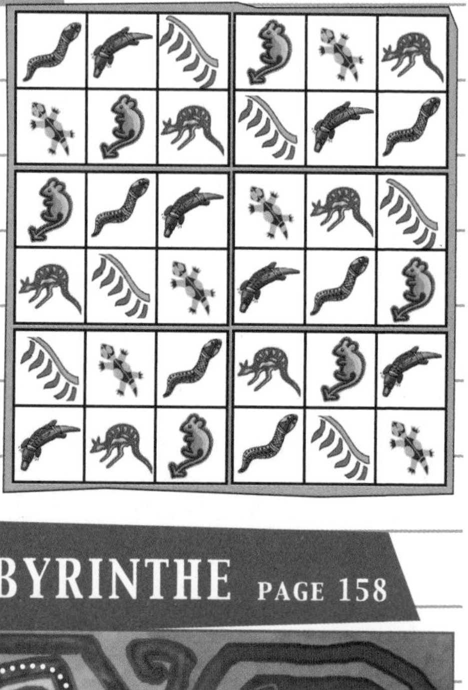

LE LABYRINTHE PAGE 158

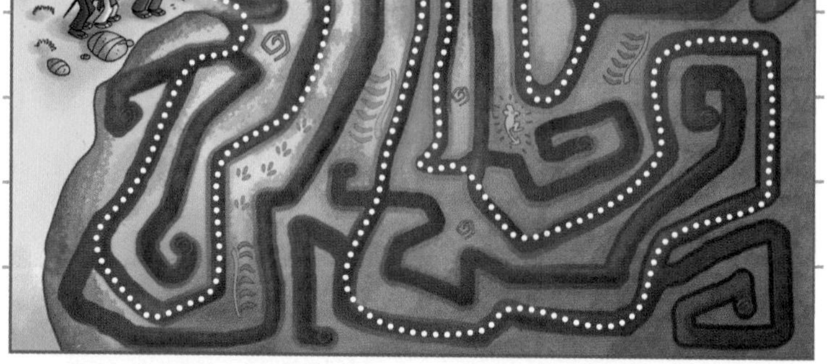

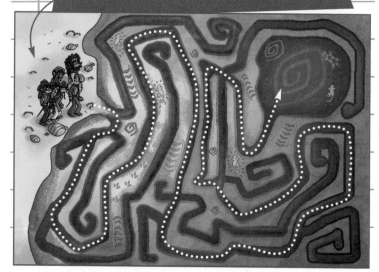

AMIES DE PLUME !

Tu veux écrire aux Téa Sisters ?

Tu veux écrire à Paméla, Paulina, Nicky, Violet et Colette ?
Tu veux raconter tes aventures de jeune Téa Sister ?
Alors prends un crayon et du papier et envoie ta lettre à cette adresse :

TEA STILTON
204, boulevard Raspail
75014 PARIS

À très bientôt !

TÉA SISTERS !

TABLE DES MATIÈRES

Dans la prochaine aventure...

La ville des nuages

Pour aider un vieil ami en difficulté, Paulina doit brusquement partir pour le Pérou... mais les Téa Sisters seront à ses côtés, afin d'affronter toutes ensemble une nouvelle et incroyable aventure. À la recherche d'un archéologue en danger, les cinq amies vont jusqu'à l'antique Machu Picchu, en défiant des cimes inaccessibles, un épouvantable condor géant et une bande de hors-la-loi prêts à tout pour s'emparer du secret de la Ville perdue des Incas.

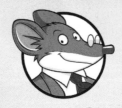

Geronimo Stilton

DANS LA MÊME COLLECTION
De *Geronimo Stilton*

1. Le Sourire de Mona Sourisa
2. Le Galion des chats pirates
3. Un sorbet aux mouches pour Monsieur le Comte
4. Le Mystérieux Manuscrit de Nostraratus
5. Un grand cappuccino pour Geronimo
6. Le Fantôme du métro
7. Mon nom est Stilton, Geronimo Stilton
8. Le Mystère de l'œil d'émeraude
9. Quatre Souris dans la Jungle-Noire
10. Bienvenue à Castel Radin
11. Bas les pattes, tête de reblochon !
12. L'amour, c'est comme le fromage...
13. Gare au yeti !
14. Le Mystère de la pyramide de fromage
15. Par mille mimolettes, j'ai gagné au Ratoloto !
16. Joyeux Noël, Stilton !
17. Le Secret de la famille Ténébrax
18. Un week-end d'enfer pour Geronimo
19. Le Mystère du trésor disparu
20. Drôles de vacances pour Geronimo !
21. Un camping-car jaune fromage
22. Le Château de Moustimiaou
23. Le Bal des Ténébrax
24. Le Marathon du siècle
25. Le Temple du Rubis de feu
26. Le Championnat du monde de blagues
27. Des vacances de rêve à la pension Bellerate
28. Champion de foot !

- Hors-série
  Le Voyage dans le temps
  Le Royaume de la Fantaisie
  Le Royaume du Bonheur

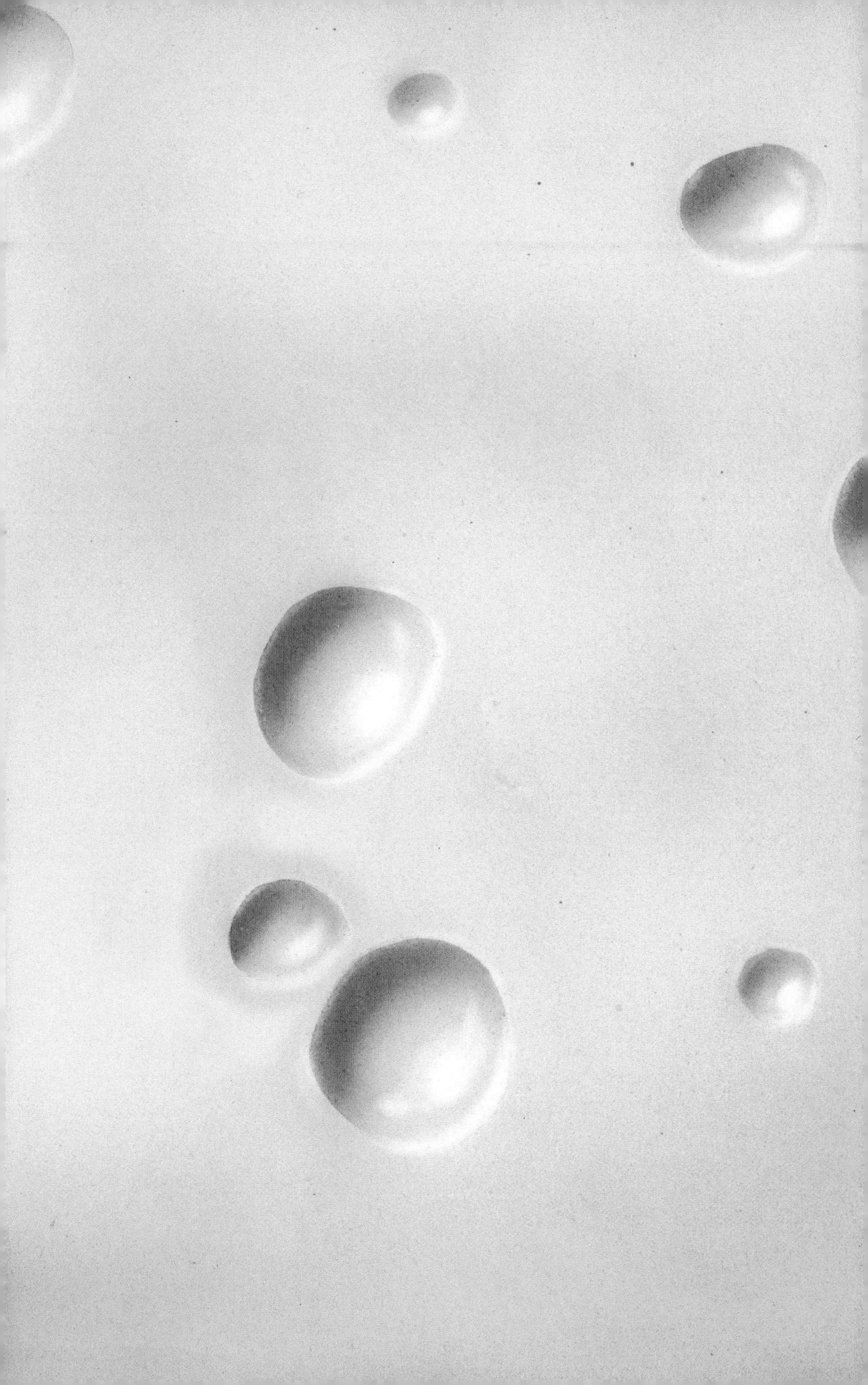

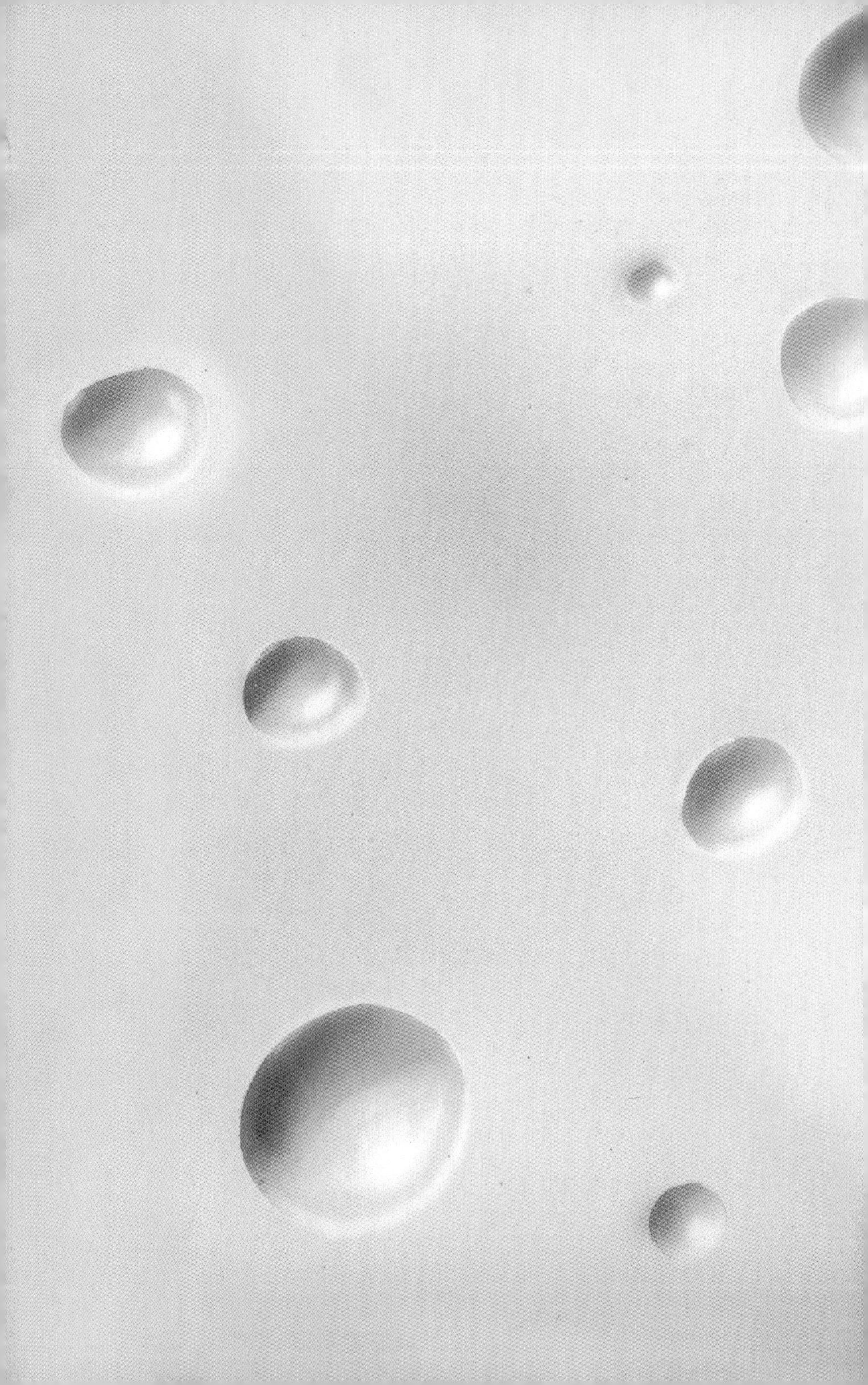

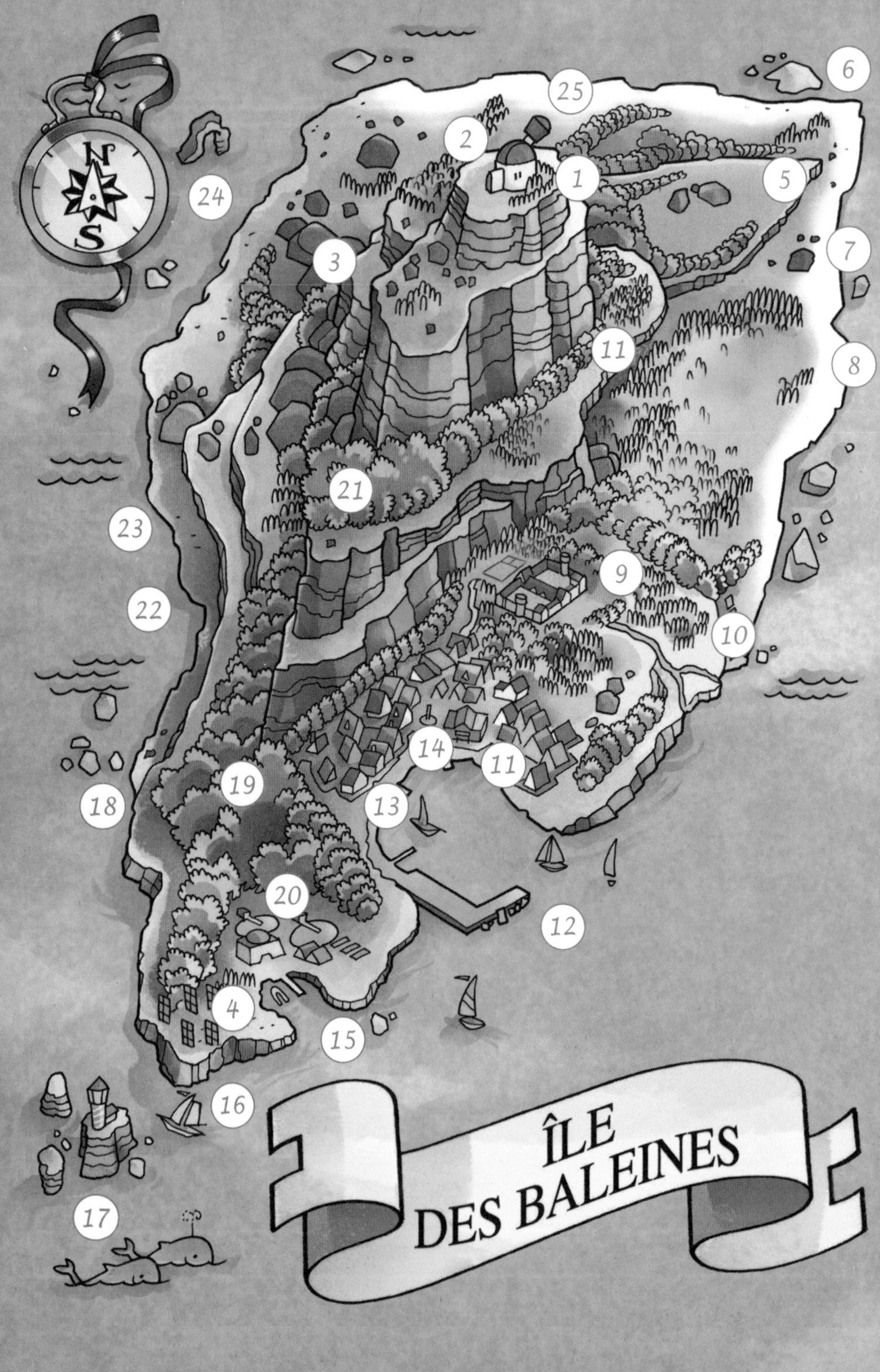
N
S
1
2
3
4
5
6
7
8
9
10
11
11
12
13
14
15
16
17
18
19
20
21
22
23
24
25
ÎLE
DES BALEINES

L'île des Baleines

1. Pic du Faucon
2. Observatoire astronomique
3. Mont Ébouleux
4. Installations photovoltaïques pour l'énergie solaire
5. Plaine du Bouc
6. Pointe Ventue
7. Plage des Tortues
8. Plage Plageuse
9. Collège de Raxford
10. Rivière Bernicle
11. *L'Antique Cancoillotterie*, restaurant et siège des *Messageries Ratiques – Transports maritimes*
12. Port
13. Maison des Calamars
14. *Zanzibazar*
15. Baie des Papillons
16. Pointe de la Moule
17. Rocher du Phare
18. Rochers du Cormoran
19. Forêt des Rossignols
20. Villa Marée, laboratoire de biologie marine
21. Forêt des Faucons
22. Grotte du Vent
23. Grotte du Phoque
24. Récif des Mouettes
25. Plage des Ânons

Au revoir,
à la prochaine aventure !

COLLÈGE
DE
R
RAXFORD